상형문자무늬 모자를 쓴 머리들

김연재

김 연 재

1995년 서울에서 태어났다. 〈매립지〉, 〈위치와 운동〉,
〈폴라 목〉, 〈배종옥, 부득이한〉, 〈우리가 고아였을 때〉,
〈겁이 많은 항해사 게이 헤드는 어느날 우표를 붙이는
아르바이트를 하다가 그의 딸 마서에게 말했다〉 등을
썼고 〈이제 내 이야기는 끝났으니 어서 모두 그의
집으로 가보세요〉, 〈김신록에 뫼르소, 870×626cm〉,
〈알려지지 않은 예술가의 눈물과 자이툰 파스타〉 등을
각색했다.

일러두기

「상형문자무늬 모자를 쓴 머리들」은 2021년 1월 29일부터 2월 7일까지 홍익대 대학로 아트센터 소극장에서 초연되었다. 공연 출연진 및 제작진 크레디트는 다음과 같다.

작/포스터 김연재
연출   강량원
조연출   이은미
출연   김문희 김정아 유은숙 최태용 김석주 강세웅 신소영 윤민웅
무대   손호성
미술   박현이
조명   최보윤
음악   장영규
안무   금배섭
촬영   박태준
리플렛   김정수
진행   송주희
주최   극단 동
후원   서울문화재단

작중 노르웨이어 번역 김마리에

이 희곡의 제목은 「영화와 가면놀이: 여성 관객을 이론화하며」
(케티 콘보이, 나디아 메디나, 사라 스탠베리,『여성의 몸, 어떻게
읽을 것인가? : 성의 상품화 그리고 저항의 가능성』, 고경하 편역,
한울, 2001)에서 매리 앤 돈이 인용한 하인리히 하이네의 시구를
재인용한 것이다. 시의 일부를 옮기자면 다음과 같다.

오 나에게 삶의 수수께끼를 풀어주시오
오래된 짓궂은 수수께끼를
이 문제로 이미 많은 사람들이 머리를 쥐어짰소
상형문자무늬의 모자를 쓴 머리들
터반을 두른 머리들과 검은 성직자모를 쓴 머리들
가발을 쓴 머리와 수천의 다른
가난하고 땀흘리는 인간의 머리들
말해주시오, 인간이란 과연 무엇인지?
인간은 어디서 오는 것이오? 인간은 어디로 가는 것이오?
저기 황금의 별들에는 누가 사는 것이오?
–하인리히 하이네,『노래의 책』(1827)「물음들」중[1]

차례

등장인물 · 6

1막 구멍의 바깥 · 8
2막 구멍 · 97
3막 구멍의 안 · 191

등장인물

하수구공
산불감시원
캐셔
누

한국외대 스칸디나비아학과 교수
한국외대 스칸디나비아학과 조교수
도넛 판매원

한나 몰렉
오토 몰렉
철새연구원
문화관광해설사
문화관광해설사의 엄마
무민

일곱 명의 배우가 다음과 같이 역을 겸한다.

한국외대 스칸디나비아학과 조교수(이하 조교수) / 문화관광해설사
(이하 해설사)
산불감시원 / 문화관광해설사의 엄마(이하 해설사 모)
캐셔 / 한나 몰렉
한국외대 스칸디나비아학과 교수(이하 교수) / 오토 몰렉
도넛판매원 / 무민
철새연구원(이하 연구원) / 누
하수구공 / 이완호 성우 목소리(이하 이완호)

우연에 의한 유성 생식, 예측 불가능한 죽음의 선별 작업,
그리고 개체의 주기적 의식(꿈이 복원시켜 유려하게 만들고,
언어의 획득으로 재조직되어 어둠 속에 묻히는)은
우리 눈에 동시에 보이는 단 하나에 지나지 않는다. 그런데
'동시에 보이는 하나'를 우리는 어떤 경우에도 볼 수 없다.
우리는 자신이 존재하지 않았던 장면에서 유래되었기 때문이다.
인간은 이미지 하나가 결여된 존재이다.

— 파스칼 키냐르[2]

(
1막
구멍의 바깥
)

1장

¶ 노르웨이, 오전 일곱 시

몰렉 부부, 누런 깃털이 달린 천을 걸치고 있다.

한나 몰렉
생일 축하해요, 오토.

오토 몰렉
고마워요, 한나. 그나저나 이 녀석은 여전히
태평양 한가운데 있군.

한나 몰렉
다른 연구소들에서 연락 온 것도 없고요.

오토 몰렉
이 녀석이 태평양을 날고 있는 것보다 차라리, 이 녀석을
잡아먹은 짐승이 태평양을 지나는 배에 타고 있거나
태평양을 헤엄치고 있을 확률이 높겠어요. 아니면 이미
잡아먹히고 가락지만 버려졌다거나. 그게 물에 쓸려
바다까지 갔다거나.

한나 몰렉

안 죽었을 거예요. 돌아올 거예요, 운이 좋다면.

오토 몰렉

이 정보는 삭제하는 게 좋겠어요.

한나 몰렉

어릴 때 자전거로 집에서 멀리까지 달려가 비둘기들을
놓아주면 항상 나보다 먼저 집에 돌아와 있었어요.
그들이 어떻게 그럴 수 있었는지 현대과학은 여전히
답해주지 않았죠.[3]

오토 몰렉

흰머리쇠기러기가 난폭한 아메리카흑곰도 아니고.
공중에 대고 위협 전술을 사용할 수도 없는 노릇이잖소.

한나 몰렉

나는 궁금했어요. 새는 언제나 돌아오니까 새들이
어떻게 길을 찾는지보다 오히려 어떻게 하면 길을 잃는지
말이에요. 그러니까 삭제하지 말아요. 더 두고 보자고요.
우선 다른 개체들을 부화시키고. 녹음기 어디다 뒀어요?

오토 몰렉

어떤 녹음기?

한나 몰렉

엔진 소리 녹음한 거.

오토 몰렉

당신한테 없어요?

한나 몰렉

나한테 없어요.

오토 몰렉

저쪽 캠프에 놓고 왔나?

    (가슴을 움켜쥐며)

    아…

한나 몰렉

왜 그래요.

오토 몰렉

그냥 좀 아파서. 녹음기 가지고 올게요.

오토 몰렉, 나간다.

¶ 흑산도, 오후 세 시

 해설사 모, 손가방을 들고 있다.
무민, 들어온다. 커다란 롱패딩을 입고 있다.
얼굴이 잘 보이지 않는다.

> **무민**
할머니?

사이.

> **무민**
할머니!

사이.

> **무민**
할머니, 어디 가시게요?

사이.

> **무민**
할머니!

해설사 모, 나간다.

무민, 붙잡는다. 손가방을 빼앗으려 한다.

무민

할머니, 가시면 안 돼요.

해설사 모, 가방을 다시 빼앗으려 하지만 무민은 가방을
놓아주지 않는다.

무민

할머니!

무민, 해설사 모의 기운을 이기지 못하고 손을 놓는다.

해설사 모, 나간다.

무민, 가만히 서 있다.

¶ 흑산도

연구원, 탐사복을 입고 있다. 새를 붙들고 있다.
새의 다리에 부착된 가락지를 확인한다.

연구원

어.

¶ 노르웨이

오토 몰렉, 녹음기를 들고 들어온다.

한나 몰렉
녹음기 가져왔어요?

오토 몰렉, 한나 몰렉의 뒤에서 쓰러진다. 심장마비.
쓰러지면서 몸으로 녹음기를 누른다.
항공기 엔진 소리가 들린다.
한나 몰렉, 인공부화에 집중하고 있다.
오토 몰렉의 기척을 느끼지 못한다.

¶ 흑산도

연구원
이봐, 이리 좀 와봐! 흰머리쇠기러기야. 이건 말이지…
정말 말도 안 돼. 노르웨이에서 날아왔다고.
이건 불가능해. 여기 좀 와보라고! 어?

연구원, 들어간다.

¶ 서울

조교수, 나온다.

¶ 노르웨이

한나 몰렉, 자신의 뒤에 쓰러진 오토 몰렉을 여전히 보지 못한다.

한나 몰렉
쉬-잇. 부화 중이에요. 좀 봐요.

사이.

한나 몰렉
응?

한나 몰렉, 뒤를 돌아본다.
삐 — 이명 소리
조교수, 무민, 이명 소리를 듣는다.

2장

¶ 서울, 하수구공의 집

하수구공, 머리에 거품을 잔뜩 묻히고 있다.

하수구공
새벽에 잠을 자다가 화장실에 왔는데, 나는 진짜 봤어.
그 이후로 밖에 사람이 있지 않거나 라디오를
가지고 들어오지 않으면 무서워서 샤워를 못 하게 됐어.
아빠가 그랬어. 사람이 너무 외로우면 거대한 새를
보기도 한다고.

조교수
아빠는 원래 이상한 말을 많이 하잖아.

하수구공
그건 아빠가 이상해서지 거짓말을 잘 해서는 아냐.
언니는 옛날부터 아빠 말이라면 믿지를 않더라.

조교수
그래, 오늘 그 얘기를 하러 온 거야.

하수구공

아빠 얘기?

조교수

아빠가 나한테 거짓말한 얘기.

하수구공, 어깨를 으쓱한다.

조교수

머리부터 좀 헹궈.

하수구공

나도 그러고 싶어. 눈이 따갑거든.

조교수

헹구면 되잖아!

하수구공

머리 헹구는 동안만 욕실에 같이 있어줄 수 없겠어?

조교수

뭐?

하수구공

눈을 감으면 그 거대한 새가 또 나타날지 몰라.

조교수

넌 드디어 미쳤어. 얼른 일자리를 좀 알아봐.

하수구공

언니한테는 무슨 말을 하면 내 이야기가 아주 별거
아닌 게 되어버려. 언니는 세상에 초탈한 표정으로 삶에
아무 욕심이 없다는 듯 말하지. 퇴폐미 같은 건 거기에서
나오는 거거든, 자기 삶에 대해 어떤 욕망도 없다는 거.
언니는 퇴폐미를 가지고 싶어서 안달이 난 거야. 그리고
아빠는 거짓말을 하지 않아.

조교수

너는 과대망상증에다가 피해망상증에 걸렸어. 어렸을 때
엄마, 아빠가 과학영재랍시고 너무 오냐오냐 키워서 그래.

하수구공

엄마, 아빠는 이제 날 포기했어.

조교수

너도 얼른 독립을 해야지.

하수구공

하수구 뚫는 회사에 면접 보러 갈 거야. 어쨌든 여기 좀 들어와 있어줘.

하수구공, 머리를 헹군다.

하수구공

그 새는 하수구에서 올라온 것 같아. 하수구 안에 뭔가 있는 거야.

조교수

거기 거품 덜 헹궜어.

하수구공, 잽싸게 다시 머리를 헹군다.

조교수

그래, 뭐가 보이든?

하수구공

아니, 다행히도.

조교수

거봐.

하수구공

원래 공포영화 같은 데에서는 이럴 때 귀신 안 나타나.
꼭 나 혼자 있을 때 나타난다고. 집에는 왜 온 거야?

조교수

나 오늘 생일이야.

하수구공

세상에. 생일 축하해.

테이블 위에 케이크가 놓인다.
캐셔, 산불감시원 들어온다.

캐셔

생일 축하한다.

조교수

고마워요.

캐셔

당신은 축하한다고 말 안 할 거야?

산불감시원

…

조교수

제가 오늘 모두를 만나려고 한 이유는…

산불감시원

네 엄마는 오늘 마트에서 잘렸대.

하수구공

정말?

캐셔

안 놀라네.

조교수

그럴 줄 알았으니까요.

캐셔

이렇게 바로 통보할 줄은 몰랐다.

산불감시원

실업급여는?

캐셔

준대.

하수구공

다행이네.

캐셔

내가 그렇게 잘못했어?

산불감시원

잘못했지. 거짓말을 쳤잖아.

캐셔

잘리는 게 무서워서 그런 거지.

산불감시원

깜빡하고 무단결근해 놓고 갑자기 남편이 심장
발작을 일으켰다고 뻥을 치면 사장이 픽이나 믿겠어.

캐셔

그건 지금 생각해도 왜 그랬는지 모르겠어.

산불감시원

당신이 한 일이야.

캐셔

아무튼 난 일자리를 좀 알아봐야겠어. 그냥 놀고

있을 수는 없잖니.

조교수

제가 이렇게 용기를 내서 오늘 모두를 만나려고 한
이유는요.

캐셔

그야 네 생일이니까.

조교수

아뇨. 제가 언제 생일을 가족이랑 보내는 거 봤어요.

하수구공

그건 그래.

조교수

엄마, 아빠가 나한테 한 거짓말에 대해서 제대로
듣고 싶어서예요.

산불감시원

나는 거짓말 안 한다.

조교수

아뇨. 아빠는 저에게 유일하게 진실을 말해줄 수

있는 사람이었어요. 내가 일곱 살 때였죠. 나는 똑똑히 기억해요. 바다에 놀러 갔다가 돌아오는 길이었어요. 엄청나게 더웠어요. 아빠는 휴게소에 차를 댔죠. 엄마랑 남동생은 도넛을 사 오겠다고 했어요.

하수구공
지금 무슨 얘기 하는 거야? 남동생이라니.

조교수
그땐 네가 없었어.

하수구공
무슨 소리야. 언니가 일곱 살 때였으면 나는 다섯 살이었어.

조교수
나보고 물었죠. 같이 도넛을 사러 가겠냐고. 나는 졸려서 가지 않겠다고 했어요. 나랑 아빠만 차에 타고 있었죠. 얼마 뒤 다시 돌아온 사람들은 내가 아는 엄마랑 남동생이 아니었어요. 나는 애랑 엄마를 그날 처음 만났어요.[4]

캐셔
너 돌았니?

조교수

나는 그 장면을 잊을 수 없어요.

하수구공

그러니까 내가 언니의 친동생이 아니고 엄마가 친엄마가
아니라는 말이야?

조교수

내가 일곱 살 때까지 만난 엄마랑 동생이 어디 있는지
말해줘요. 나는 생이별을 했어요.

산불감시원

너 정말 심각하구나.

캐셔

다 큰 애가 무슨 소릴 하는 거야. 얘, 앨범 좀 가져와봐.
너 태어나고 바로 내가 안고 찍은 사진이 있을 거다.
쟤 태어나고 바로 네가 안고 찍은 사진도 있을 거고.
네 아빠는 하도 밖으로 돌아서 사진이 없을 거다.

조교수

그런 것쯤은 나도 다 봤어요.

하수구공

그럼 뭐가 더 필요해?

3장

¶ 도넛가게

도넛판매원

어서 오세요.

교수

네.

교수, 도넛판매원을 빤히 바라본다.

도넛판매원

거기 쟁반에 드실 도넛들을 담아 오시면 됩니다.

교수

네.

도넛판매원

그 옆의 집게로요.

교수

네.

도넛판매원

종이도 깔고요.

교수

네.

도넛판매원

제가 담아드릴까요?

교수

아까 병원에 도넛 배달 왔었죠?

도넛판매원

아? 네.

교수

그쪽 목소리를 들었어요.

도넛판매원

그러시군요.

교수

내시경을 했거든요.

도넛판매원

저런. 그거 고통스럽다던데.

교수

엄청요. 기관지 내시경을 했거든요. 폐 때문에.

도넛판매원

저런.

교수

태어나서 담배라곤 입에 대본 적도 없는데.

도넛판매원

그럼 왜?

교수

간접흡연이 더 나쁘다잖아요. 간접흡연을
너무 많이 한 것 같아요. 나는 요즘 매일 내 앞에서
담배 연기를 뿜어댄 사람들 목록을 만들어요.

도넛판매원

네…

교수

뭐 꼭 그거 때문에 폐가 안 좋아진 건 아니겠지만.

(사이)

억울해서요. 제기랄. 미안해요.

도넛판매원

아닙니다.

교수

위 내시경도 해보고 대장 내시경도 해보고 질
내시경도 해봤는데요, 기관지 내시경이 최악이에요.
공기만 왔다 갔다 하던 구멍에 뭘 집어넣는다고
생각해봐요.

도넛판매원

네…

교수

객담 검사라는 걸 할 때는 폐포를 식염수로 세척해요.
꼭 수영장에 온 것 같은 기분이 드는 거예요.
튜브를 타고 약 냄새 나는 수영장에 둥둥 떠 있다가,

내 몸이 아주 작아져서 튜브의 구멍 속으로
쑥 들어가 잠기는 기분. 알아요?

도넛판매원

아뇨.

교수

피부에 물이 닿지도 않았는데 수영장에
온 것 같다니. 세상이라는 게 통째로 사기라고
느껴졌던 거예요.

도넛판매원

보호자가 같이 있지 않으셨나 봐요.

교수

보호자요? 난 허리디스크와 고혈압과 당뇨와
고도비만에 걸린 고소공포증이 있는
늙은 레즈비언인데요. 지금은 연금도 못 받고
잘릴 위험에 놓였고요.

도넛판매원

아…

교수

게다가 좀 전에 폐암을 진단받았고요.

도넛판매원

네?

교수

아무래도 얼마 못 살지 싶어요.

도넛판매원

내시경 검사 결과가 그렇게 바로 나오나요?

교수

여기 있는 도넛 전부 주세요.

교수, 도넛을 품에 안고 나간다.
교수, 전화를 건다.

교수

전화 안 받네. 조금 전까지는 신호가 갔는데 지금은
통화 중이네. 그럼 부재중 찍힌 거 봤을 텐데…
(사이) (조금 밝게)
생일 축하해! 우리 파티를 해야지. 어, 그리고
아주 중요하게 할 말이 있어. 정말 중요하거든.

그래서 우리가 좀 만나야 할 것 같아. 내일 말고
오늘. 음. 너 편한 시간에 좀 와줘.

(사이)

사실 좀 일찍 와줬으면 해.

4장

¶ 흑산도 그리고 하수구공의 집

해설사
나 왔어.

연구원
응, 왔어?

해설사
왜 웃어?

연구원
무인도에 박혀 있다가 오랜만에 돌아온 건 난데,
나 왔어, 하는 건 자기라서.

연구원, 머리를 턴다.

해설사
신문지 같은 거 깔고 털어. 동네 개들 이로 고생해.

연구원

한 번만 봐줘. 어디 갔다 와?

사이.

해설사

생각보다 일찍 돌아왔네.

연구원

자기 이 얘기 들으면 깜짝 놀랄걸? 정말 말도 안 되는
일이야. 흰머리쇠기러기가…

해설사

없어졌어.

연구원

응?

해설사

엄마, 없어졌어.

연구원

어?

해설사

퇴근하고 집에 와보니까 방문은 열려 있고, 없더라.

연구원, 오랫동안 감지 않은 머리를 헝클어뜨린 채
우두커니 서 있다.

해설사

저번에도 그랬잖아. 돌아오겠지.

연구원

신고했어?

해설사

방금 막.

연구원

장모님 자주 가시는 데 찾아봤어?

해설사

엄마가 자주 가는 데가 어디 있어. 친구도 없는 양반이.
가끔 나가서 조개나 캐지.

연구원

어… 괜찮아?

해설사

응.

연구원

정말이야?

해설사

응. 정말이야. 괜찮아. 괜찮아서 이상해.

연구원

얘는 어디 갔어.

해설사

몰라. 또 어디 돌아다니겠지.

연구원

이러고 있을 때가 아니다. 나가서 찾아볼게. 이장님한테
가서 방송도 해달라고 할게. 어, 후레쉬도 빌리고.
아니다, 그건 핸드폰에 저번에 어플 깔았으니까. 어, 또,
우리 연구소 사람들한테도 부탁하고.

해설사

하지 마.

연구원

왜.

해설사

그냥 여기 나랑 있어줘.

연구원

어떻게 그래!

해설사

정말 괜찮아. 그렇게 안 해도 되니까 이리 와서
나 좀 안아줘.

연구원

잠깐만. 좀 혼란스러워서 그래.

연구원, 마지못해 해설사를 안는다.

해설사

아, 안 씻은 냄새.

연구원

심하지?

해설사

응.

연구원

어떡하지.

해설사

가만히 좀 있어봐. 움직이면 더 냄새나. 아무 얘기나
좀 해줘.

연구원

뭐가 있지. 가만있어봐.

해설사

자기나 가만있어.

연구원

그러니까 오늘 엄청난 일이 벌어졌는데. 자기가
들으면 아마 믿지 못할 거야. 하지만 증거가 있어.
가락지가 있으니까.

(연구원, 주머니에서 가락지를 꺼내 보여준다.)

오늘 내가 흰머리쇠기러기를 발견했어.

해설사

멸종위기 종이야?

연구원

응, 맞아. 그것도 그런데, 노르웨이에서 한국으로
날아오는 건 불가능이야.

해설사

새는 날 수 있잖아. 어디로든 갈 수 있는 거 아니야?

연구원

아니지, 아니지. 오래 비행하기 위해서는 엄청난 준비가
필요해. 중간에 죽는 개체도 많아. 게다가 철새들은
부모를 따라 이주하는데 흰머리쇠기러기는 부모가 없어.
개체 수가 워낙 적어서 인공적으로 부화시킬 수밖에
없거든. 몇십 년간 흰머리쇠기러기를 인공부화시킨
사람들이 노르웨이에 있어. 몰렉 부부라고. 그 사람들,
새들 서식지에 직접 연구캠프를 세웠어. 어미 없이
인공부화 하는 새끼들을 위해서 어미 깃털이랑 비슷한
옷을 입고, 기러기 새끼가 물속에 들어갈 때는 직접
수영을 해. 조류는 처음 들은 소리와 처음 본 움직이는
물체를 어미로 따르거든. 그런 다음에는 새들을 초경량
항공기에 태우고 함께 비행해. 물론 새들이 놀라지
않게 부화 전부터 항공기 엔진 소리를 녹음해서 들려줘.

나 학부 때 그 사람들 연구캠프를 후원했었어.[5]

해설사

자기는 세상 무엇보다 새를 가장 사랑하는 것 같아.

연구원

그럼. 당연하지. 그런데 말이야 자기야, 오늘
내가 발견한 흰머리쇠기러기 가락지에 몰렉 연구소
표시가 되어 있는 거야! 이건 정말 믿을 수 없는
일이야! 아마 내일모레쯤 뉴스에 나올 거라고!

해설사

와우.

연구원

가락지가 부착된 새를 발견하거나, 가락지를
부착해서 날려 보낸 새가 다른 나라에서 발견되는
경험을 하는 철새 연구원은 손에 꼽혀. 이거 완전히
노가다거든. 한국에서 10년 동안 철새 5만 마리에
가락지를 부착했는데 지금까지 외국에서 발견된
개체는 세 마리뿐이야.[6] 얼마나 희귀한 일인지 알겠지!
게다가 그게 몰렉 부부가 부착한 가락지라니! 이건
전 세계 조류학자들이 연구할 이례적인 사례가 될 거야.
노르웨이에서 한국까지 날아온 흰머리쇠기러기,

몰렉 부부, 그리고 나!

해설사

그래.

연구원

화났어?

해설사

나 하고 싶어.

연구원

어?

해설사

하고 싶어. 하면 안 돼?

연구원

어…

해설사

정말 지금 하고 싶어! 해줘!

연구원

이건 좋은 방법이 아니야.

해설사

그러면 좋은 방법이 뭔데?

연구원

이제 내가 닥치고 장모님 찾으러 나가는 거.

사이.

해설사

제발. 응? 제발.

연구원

우리 왜 이래야 해?

해설사, 연구원의 다리 사이에 얼굴을 묻는다.

연구원의 주머니에서 가락지 떨어진다.

연구원, 물러서다가 나간다.

해설사

아…

전화가 걸려온다.

해설사

여보세요.

산불감시원

여보세요.

해설사

누구세요.

산불감시원

누구세요.

해설사

누구신데요.

산불감시원

그건 내가 물어야 할 거 아니요?

해설사

어디시죠?

산불감시원

집이요.

사이.

해설사

아니, 어디시냐구요.

산불감시원

집이에요, 집. 집 안에. 거실.

해설사

돌겠네.

해설사, 끊는다.
전화가 다시 걸려온다.

해설사

왜 지랄이야.

산불감시원

그쪽이 먼저 여기로 전화했잖아.

해설사

내가요?

산불감시원

부재중 전화가 찍혀 있던데.

사이.

해설사

아. 우리 애가 장난 전화를 걸었나 보네요. 죄송합니다.

사이.

산불감시원

애가 있나 보네요.

해설사

가끔 아무 번호나 눌러서 장난 전화를 걸어요.

산불감시원

어린 애요?

해설사

초등학생. 그러니까 용서하세요.

산불감시원

아무 번호나 눌러요?

해설사

네.

산불감시원

외로운가 보네요.

해설사

네. 저도 외롭네요.

산불감시원

외로운 엄마에 외로운 자식이라. 아빠는요?

사이.

해설사

없어요.

산불감시원

왜 나한테 장난 전화를 걸었을까. 내가 뭐 특별한
남자도 아닌데. 어디 살아요?

해설사

음.

(사이)

흑산도.

산불감시원

와. 멀리 있군요.

해설사

무슨 일 해요?

산불감시원

산에서 일하오.

해설사

산지기?

산불감시원

그건 아니고. 산림청 말단 공무원인데 뭐 난 이걸
부끄럽게 여겨본 적 없소. 산에 불이 나나 안 나나
돌아다니는 거요. 동란 이후에 불이 난 적은 없지만.

해설사

경비원?

산불감시원

단순 경비원은 아니요. 똑같은 일이어도 고도가
높아지면 귀한 대접을 받지요. 스튜어디스를 생각해봐요.
게다가 여기는 아주 길이 험한 바위산이거든.

해설사

바위산에 불이 붙나?

산불감시원

말이 그렇다는 거요. 만만찮은 일이지. 길이 험하다고.

해설사

어렸을 때 꿈이 스튜어디스였는데.

산불감시원

잘 어울렸겠소.

해설사

어떻게 알아요.

산불감시원

그냥 느낌.

해설사

그 비슷한 일을 해요. 고도는 높지 않지만.

산불감시원

무슨 일을 하는데요?

해설사

문화관광해설사.

산불감시원

근사한데. 가이드 같은 건가.

해설사

보다 전문적이죠.

산불감시원

제복을 입어요?

해설사

그렇죠.

산불감시원

치마?

해설사

오늘은.

산불감시원

그렇군.

해설사

오늘 내 엄마가 없어졌어요.

산불감시원

저런.

해설사

집을 나갔어요.

산불감시원

신고는 했어요?

해설사

했는데요, 차라리 아주 잃어버렸으면 좋겠어요.

사이.

산불감시원

일면식도 없는 사람에게 무슨 말을 못 할까.
거짓말이길 바라겠소.

해설사

전화에 대고 모르는 사람한테 거짓말하는 건 병이에요.

산불감시원

어쨌든 간에.

무민, 들어온다. 캐셔, 들어온다.
해설사, 무민을 보지 못한다.
산불감시원, 캐셔의 눈치를 본다.
무민, 바닥에 떨어진 가락지를 줍는다.

해설사

저기요.

산불감시원

어… 어.

해설사

목소리가 좋네요.

산불감시원

그런 말 많이 들어.

해설사

몇 살이에요?

해설사, 무민을 본다.

산불감시원

삼십…대.

해설사

다시 전화할게요. 애가 돌아왔어요. 혼쭐을 내줘야지.

산불감시원

어…음… 너무 혼내지는 마.

전화 끊는다.

해설사

너 어디 갔다 왔어.

무민	**캐셔**
산에.	누구랑 통화했어?

산불감시원

친구.

해설사

산에 왜?

캐셔

당신이 친구도 있어?

무민

그냥…

산불감시원

있지…

해설사

너 할머니 못 봤어?

캐셔

어떤 친구한테 삼십대라고
뻥을 쳐?

무민

어? 어. 못 봤어. 왜?

산불감시원

아니. 딸이 삼십대라고. 왜?

해설사, 무민을 노려본다.

캐셔, 산불감시원을 노려본다.

¶

캐셔

이거 알바 어플 어떻게 다운받지?

산불감시원

몰라.

캐셔

좀 해줘 봐.

산불감시원

줘봐.

캐셔, 산불감시원, 휴대 전화를 들여다본다.

¶

해설사

할머니 없어졌어.

무민

어?

해설사

엄마 퇴근하고 집에 와보니까 없었어.

무민

아저씨는?

해설사

아저씨는 오늘 막 집에 왔어. 지금 할머니 찾으러 나갔어.

무민

어떡해?

해설사

다 찾아봤어. 오늘 나간 배들에 연락도 해봤어. 섬 밖으로
나가지는 않은 것 같아. 그런데 없어. 돌아오겠지.
저번에도 그랬으니까.

무민

응…

해설사

아직 추워지지도 않았는데 롱패딩을 일찍도 꺼내 입었다.

무민

이게 좋아.

해설사

엄마가 그때 그렇게 큰 거 사지 않아도 된다고 했지.

무민

이게 따뜻해.

해설사

너 또 엄마 핸드폰으로 장난 전화 걸면 혼난다.

무민

어떻게 알았어? 기록 지웠는데.

해설사

네가 전화 걸었던 사람이 다시 전화 와서 엄마가
사과했어.

무민

미안. 근데 장난 전화 아니야.

해설사

그럼 뭔데.

무민

엄마, 나 학교에서 과학영재로 선발됐어.

해설사

와! 대단하다. 학교 대표 같은 거야?

무민

응.

해설사

내 새끼, 기특해.

무민

선생님이 과학 친구를 만들어서 인터뷰해 오래.

해설사

아저씨 하면 되겠다.

무민

과학 친구를?

해설사

응. 아저씨도 과학자야. 여기 처박혀 있어서 그렇지.

무민

아저씨는 아무것도 모르잖아.

해설사

무슨 말을 그렇게 해? 그럼 누구 하고 싶은데?

무민

이완호 아저씨.

해설사

그게 누구야?

무민

〈동물의 왕국〉 성우.

해설사

그 사람은 과학자가 아니잖아.

무민

이완호 아저씨는 엄청 많은 동물들을 만나봤어.
그리고 어디로든 갈 수 있어.

해설사

그 사람을 어떻게 만나.

무민

방송국에 전화해봤어. 방송국에서 그 전화번호를

알려준 거야.

해설사

그래? 이 사람이 성우라고?

무민

그래.

무민, 나간다.

해설사

또 어디 가!

무민

엄마, 나 오늘 생일인데.

사이.

해설사

어머. 어머. 내 정신 좀 봐. 엄마가 요즘 이래.
자꾸 깜빡깜빡해. 미안해.

무민

괜찮아.

해설사

친구들이랑 좀 놀았어?

무민

그냥.

사이.

무민

엄마, 귀에서 삐 ― 하고 들리는 소리 있잖아.

해설사

이명?

무민

아무튼 그거 들리는 이유가 나랑 생일 똑같은 사람이
죽어서래. 삐 ― 하고 들렸을 때가 딱 죽은 거야.

해설사

누가 그런 바보 같은 소릴 해?

무민

친구들이. 육학년 형 누나들이 말해줬대.

해설사

그건 피곤해서 나는 소리야. 생일 똑같은 사람이
죽어서가 아니고.

무민

나 오늘 그 소리 들었어.

해설사

그래서?

무민

나랑 외할머니랑 생일 똑같잖아.

해설사

안 똑같아.

무민

똑같아!

해설사

안 똑같아.

무민

그때 똑같았잖아.

해설사

외할머니는 음력 생일 챙겨서 그때 한 번 똑같았던 거야.

무민

그게 뭔데.

해설사

그런 게 있어.

무민

그럼 다른 사람인 거네.

해설사

뭐가.

무민

나는 외할머니가 죽은 줄 알았어.

해설사

너 무슨 그런 소릴 해! 얼른 퉤퉤퉤 해.

무민

퉤퉤퉤.

해설사

엄마 골 아프다.

무민

난 오늘 생일이고, 오늘 삐 — 들었으니까
어떤 사람이 자기 생일날 죽은 거잖아.

해설사

사람은 누구나 언제나 죽어. 생일에도 죽고
생일 아닐 때도 죽고.

무민

생일날 죽으면 슬플 것 같아.

해설사

죽는 마당에 뭐가 슬프냐?

무민

누가 죽은 건지 궁금해.

해설사

말도 안 되는 소리 하지 말고 얼른 씻어.
야, 네 말대로면 생일 같은 사람들이 한날한시에
다 같이 이명을 듣겠니.

무민, 어깨를 으쓱한다. 나간다.

¶

산불감시원

(휴대 전화를 보며)

됐다. 뭐가 엄청 많네. 내 생각엔 당신 마트
생각보다 오래 다녔어.

캐셔

난 일을 하고 싶어.

산불감시원

난 일하기 싫어. 당신이 나 대신 출근 좀 할래?

캐셔

말도 안 되는 얘기 하지 마.

산불감시원

그 산은 육이오 이후로 불난 적 없어. 그런데
산불감시원이라니. 나는 내가 이렇게 무의미한 일을
하고 있는 게 정말 짜증이 난다고.

캐셔

당신 중학생이야?

산불감시원

늙은이들밖에 안 다녀서 불 싸지를 것 같은 인간도 없어.

캐셔

다행이라고 생각해라.

산불감시원

나는 상상해. 저기 불 싸지를 것 같은 놈이 하나 있다.
불을 피우고 있다. 그때 내가 단번에 딱 발견하고
전화를 거는 거야. 경찰이 왔을 때 그 자식 가방에는
휘발유가 들어있고. 나는 아홉 시 뉴스에 나오는 거지.

캐셔

당신이 이 모양 이 꼴이어서 내가 이 나이 먹고
일하러 다니는 거야.

산불감시원

내키는 대로 말해.

캐셔

당신 연금으로는 먹고 살 수가 없어.

산불감시원

미안해. 미안해. 미안해. 미안해. 미안해. 됐지.

캐셔

걔가 한 얘기 생각해 봤어?

산불감시원

뭐?

캐셔

휴게소에서 도넛 사러 갔다는 얘기.

산불감시원

그건 말도 안 돼. 우리 그때 흑산도 갔다 왔을 때였어.

캐셔

그래.

산불감시원

꿈꾼 거겠지.

캐셔

걔 심각해 보이더라.

산불감시원

걘 어렸을 때부터 좀 이상했어.

캐셔

그걸 누가 몰라.

산불감시원

기껏 외고 보내놨더니 그 무슨 노르웨이과?

캐셔

스칸디나비아학과.

산불감시원

그래, 거기. 이름도 더럽게 어렵네. 아무튼 거기
갔을 때부터 나는 걔가 도저히 이해가 안 됐어.

캐셔

당신은 애들을 이해하기 위해 좀 노력할 필요가 있어.

산불감시원

지금은 빌빌대면서 시간강사 노릇이나 해 먹고 있잖아.

캐셔

시간강사 아니고 조교수야.

산불감시원

그래 봤자 계약직이지.

캐셔

당신보다는 쓸모 있는 일을 하지.

산불감시원

제기랄.

캐셔

(휴대 전화를 보며)

와. 사람 구하는 데가 이렇게 많네.

산불감시원

또 무단결석 해놓고 사장한테 거짓말 치려고?
이번엔 남편이 심장 발작 말고 심장마비로 아예
죽어버렸다고 하지 그래.

캐셔

그게 할 소리야? 아, 말 좀 그만해. 더럽게 말 많아.

산불감시원

자기가 먼저 말 시켰으면서!

캐셔, 들어간다.

산불감시원, 문자를 보낸다.

해설사, 문자를 받는다. 들어간다.

캐셔, 다시 나온다.

산불감시원, 휴대 전화를 급히 집어넣는다.

캐셔

있잖아. 아까 어떤 손님이 다짜고짜 쓰다 만 상품을
환불해달라고 하는 거야. 그 왜 있잖아, 옷이나
이불에 붙은 먼지 떼는 거. 드르륵 드르륵 하는 거.
테이프가 점선에 맞춰서 뜯어지질 않고 계속
찢어진다는 거야. 테이프가 돌아가지 않고 이불에
쭉쭉 붙어버린대. 그래서 내가 그랬어. 이 상품이
좀 그럴 수는 있다, 우리 집 돌돌이도 그렇다, 살살
잘 하면 안 그렇다. 그러니까 아니래. 살살 할수록
더 붙어버린대. 자꾸 찢어져서, 아까운 부분까지
버려야 된대. 이미 반은 쓰셨잖아요, 하니까 그거 다
아깝게 찢어버린 거래. 다음 장은 잘 되겠지, 하면서
찢는데 계속 그랬대. 자기한테 우연히 불량품이
걸렸다는 거야. 고양이털을 못 떼서 털 천지래.

산불감시원

이상한 여자네.

71

캐셔

그치? 그래서 내가 환불은 안 된다고 했더니 갑자기
막 우는 거야.

산불감시원

울어? 몇 살인데?

캐셔

늙었어. 거의 육십 가까워 보이던데.

산불감시원

혼자 산대?

캐셔

모르지. 자기가 교수래.

산불감시원

교수가 마트에서 계산하다가 울고 그러나?

캐셔

내 말이. 학교에서 과를 통폐합할 거라고 했대. 은퇴가
5년 남았는데, 연금 안 주고 자르려고 일부러 그러는
것 같대. 조교수가 자기를 버릴 거래. 저번에 다른 어떤
교수도 이렇게 잘렸대. 그리고 고양이를 잃어버렸대.

산불감시원

세상에 이상한 사람 참 많아.

사이.

캐셔

좀 안되지 않았어?

산불감시원

당신이 더 안됐어.

캐셔

그건 그래. 그런데 그냥… 내가 그 사람을 만난 게
예정된 일인 것처럼 느껴졌어. 그래서 그 사람한테
청소테이프 사줬어. 고양이 털 잘 떼라고.

산불감시원, 캐셔를 어이없다는 듯 바라본다.

캐셔

몇천 원 안 했어.

산불감시원

참 나.

캐셔

그 사람, 폐 내시경을 해야 했어. 보호자가
있어야 하는데 보호자가 없다는 거야.

산불감시원

그래서?

캐셔

병원에 가서 같이 있어줬어.

¶ 한국외대 서양어대학 학장실

교수, 테이프 청소롤을 들고 학장실을 청소하고 있다.
옆에는 먹다 만 도넛 박스들.

> **조교수**
> 그거 잘 안 된다고 짜증냈었잖아.

> **교수**
> 환불하러 갔었어.

> **조교수**
> 반이나 쓴 걸 어디에서 환불해줘.

> **교수**
> 사쳤어, 누가.

> **조교수**
> 누가?

교수

마트에서 일하는 사람이.

조교수

왜?

교수

몰라.

　(사이)

　내가 진상 부려서.

조교수

잘하셨네.

교수

후회하고 있어. 반성하고 있고.

조교수

뭘 또 반성씩이나 해.

교수

넌 별로 날 안 좋아해.

조교수

좋을 대로 생각하세요.

교수

털을 많이도 묻혀놨네.

조교수

그러게 왜 연구실에 고양이를 데려와.

교수

고양이라도 쓰다듬고 있지 않으면 못 살 것 같았어.

조교수

아직도 못 찾았어?

교수

어. 죽고 싶어. 고양이가 죽었으면 어떡하지?
이 학교에 쓰레기 같은 남학생들이 사료에 바늘을
꽂아놓거나 아님 차에 치여 죽거나… 나 때문에.

사이.

조교수

어제 연락 못 받아서 미안해. 병원은 잘 갔다 왔어?

교수

친절하게도 누가 같이 있어줬어.

조교수

잘됐네.

교수

난 네 생일이라고 뭔가 잔뜩 준비하고 있었어.
네가 좋아하는 도넛이랑…

조교수

집에 갔었어. 집에서 해야 할 말이 있었어.

교수

그랬겠지. 수업 언제야?
·

조교수

곧.

조교수, 연구실 곳곳을 돌아다니다가 상자를 발견한다.

조교수

이게 뭐야. 학장님, 바이킹 전통 의복을 모아두세요?

애들이 학술제 때 입었던 거야.

너무 허접하게 만들었는데. 안 버려?

버리지 마. 아깝잖아. 학과 없어지면 학술제 열지도 못해.
내가 서양어대 학장 하던 시절은 끝났어. 나는 재단
앞에선 그냥 은퇴를 앞둔 가방끈 긴 할머니일 뿐이야.
넌 우리 과가 이탈리아어과에 흡수돼도 괜찮니?

괜찮을 리가.

사이.

나 이탈리아어과로 오래. 수업 개설해줄 테니까
다음 학기부터 이탈리아어과에서 수업하라고.

역시. 내 생각이 맞았어. 지난 학기에 불가리아학과도
이런 식으로 폐지시켰잖니. 젊은 조교수 한 명

형가리어과로 데려가고 정년 5년 남은 교수
혼자 남기고서 아예 학과를 폐지시킨 거야.

조교수

알아.

교수

그 선생 지금은 폐인이 다 됐대.

조교수

선생님은 원래부터 폐인이었잖아.

교수

이탈리아어과에서 기초 노르웨이어 전공 선택으로
가르치는 걸 상상해봐.

조교수

어떻게 해야 할지 모르겠어. 만약에 내가
이탈리아어과 안 가면 선생님 은퇴할 때 맞춰서
잘릴 거 아냐. 선생님이 나 먹여 살려줄 거야?

교수

먹여 살린다고 했잖아.

조교수

뻥 치지 마. 선생님은 사람을 사랑하는 법을 몰라.
자기 불쌍한 것만 알고. 그 고양이도 선생님이
지긋지긋해서 도망간 걸 거야. 자기가 필요하다고
고양이를 직장에 데려오는 미친 인간이 어디 있어!
걔가 얼마나 스트레스를 받았겠냐고!

긴 사이.

교수

제기랄.

교수, 학술제 소품 상자에서 바이킹 전통 의상을 뒤적인다.
투구와 방패, 도끼를 꺼낸다. 조교수에게 다가가 투구를 씌운다.

교수

너 이거 진짜 잘 어울린다. 전투력이 강해 보여.

조교수

아, 하지 마.

교수

투구가 잘 어울리면 도끼와 방패도 잘 어울리지.
네가 진정한 노르웨이 덕후잖아.

조교수

이탈리아어과 박 교수님이 이번 방학 때 학술답사
같이 가자고 했어.

교수

어떻게 할 거야?

조교수

모르겠어. 모르겠다고. 시간이 좀 필요해.

교수

있지, 안 믿을지도 모르지만, 나 폐암이래.

조교수

뭐라고?

교수

폐암이라고. 나는 담배를 입에 대본 적도 없는데.
너 때문에 내가 간접흡연을 많이 해서 아닐까?

교수, 웃는다.

조교수

이상한 소리 하지 말고.

교수

농담이고. 얼마 안 남았대. 난 곧 죽는다.

조교수

정말이야?

교수

왠지 요즘 김현식 노래를 자주 듣게 되더라. 꼭
우리 얘기 같지 않니? 나의 모든 사랑이 떠나가는
날이 당신의 그 웃음 뒤에서 함께 하는데 시간은
멀어 집으로 향해 가는데 약속했던 그대만은
올 줄을 모르고 애써 웃음 지으며 돌아오는 길은
왜 그리도 낯설고 멀기만 한지.

조교수

그만해.

교수

힘겨운 날에 너마저 떠나면 비틀거릴 내가
안길 곳은 어디에.[8]

조교수

그만하라고.

6장

¶ 하수구공의 집

산불감시원, 해설사와 통화하고 있다.

해설사

당신에게 물어볼 게 있어요. 〈동물의 왕국〉 성우였어요?

산불감시원

예?

해설사

우리 애가 당신이 〈동물의 왕국〉 성우였다고
인터뷰를 해야 한다고 하던데.

산불감시원

아닌데.

해설사

그 사람 이름이 이완호래요.

산불감시원

아!

해설사

왜요?

산불감시원

예전에 내 번호를 썼던 사람인 것 같소.

해설사

그 사람 목소리 기억나요?

산불감시원

조금…

해설사

잘됐네요. 그 사람 목소리 기억이 난다면,
내 아들과 인터뷰를 좀 해줘요.

산불감시원

네?

해설사

꼭 그 사람을 인터뷰해야 한다고 밤낮으로 졸라대서요.

개가 좀 괴짜라.

산불감시원

그건…그건…거짓말이잖소.

해설사

이 세상은 통째로 거짓말이에요. 그에 비하면
이건 하얀 거짓말이죠. 산타 같은 거요.

산불감시원

산타…

해설사

오늘 밤에 인터뷰할 거니까 〈동물의 왕국〉 연습하고
있어요. 인터뷰하기 전에 개한테 뭘 좀 읊어줘요.
"사자는 ―" 이런 거 말예요. 당신 목소리로 〈동물의
왕국〉 나레이션을 들으면 정말 섹시할 거예요!

사이.

산불감시원

연습해볼게요.

해설사

잘됐네요.

하수구공, 하수구를 뚫는 기계들을 들고 들어온다.

산불감시원

이만 끊어야겠어요.

산불감시원, 전화를 끊는다.
해설사, 들어간다.

산불감시원

이게 다 뭐니?

하수구공

나 취직했어요, 아빠.

산불감시원

어디에 취직했는데 이런 걸 집에 가져와?

하수구공

출장 하수구뚫이예요.

사이.

산불감시원

축하한다.

하수구공

하나도 안 기뻐 보이세요.

산불감시원

내 말은…아무리 그래도 하수구공까지 될
필요는 없잖니.

하수구공

하수구공이 뭐 어때서요?

산불감시원

아주 좋은 직업이지. 유니폼도 있고.

하수구공

요즘에는 컴퍼니 웨어라고 해요.

산불감시원

그래.

하수구공

아빠.

산불감시원

왜.

하수구공

저 며칠 전에, 화장실에서 거대한 새를 봤어요.
새벽에 화장실에 갔는데, 엎드러서 진동하고 있었어요.

산불감시원

음…

하수구공

진짜예요.

산불감시원

다소 놀라운 얘기로구나.

하수구공

아빠는 제 말 믿으세요? 언니는 안 믿었어요.

산불감시원

그래. 믿지, 그럼. 그런데 너 이 기계들 다 산 건 아니지?
받은 거지?

하수구공

샀어요.

산불감시원

네 돈으로?

하수구공

네. 아빠가 실험 도구에는 돈을 아끼지 말라고
했잖아요. 이 세계의 진리를 알려주는 거라면서.

산불감시원

그래…

하수구공

출장 열다섯 번만 가면 기계값 본전은 뽑을 수 있어요.

산불감시원

거기 다단계 아니야?

하수구공

그게 뭔데요?

사이.

산불감시원

난 가끔 너에게 죄책감을 느낀다. 내가 너를 방송에
너무 자주 데리고 다녔던 건 아닌지. 과학영재라고
서울우유 광고도 찍고 말이다. 그래서 네가 진짜
이 세상이 뭔지를 알지 못하고 아직 7세 무균실 같은
곳에 갇혀 있는 건 아닌지. 난 이제 네가 정상적인
직장 생활을 했으면 좋겠다.

하수구공

제가 그 새를 봤던 날, 창문은 닫혀 있었고, 현관문도,
욕실 문도 닫혀 있었어요. 미세먼지가 매우
나쁨이었으니까요. 새가 들어올 곳이 없잖아요.
이 집에서 외부로 통하는 구멍은 하수구밖에 없었어요.
저는 하수구의 비밀을 알고 싶은 거예요.

산불감시원

책을 빌려다 읽어. 다큐멘터리를 보든지.

하수구공

누가 하수구에 대한 책을 쓰겠어요. 다큐멘터리는
더하죠. 새가 하수구에 들어갈 수 있을까요?

　　　(사이)

　　　있죠. 아주 적은 확률로. 그러니까, 공교롭게
　　　말이에요. 예를 들어, 지금 읽고 있는 책의 단어와

91

라디오에서 흘러나온 노래 가사가 같은 순간이나
욕실의 수도꼭지를 잠그자 밖에서 들려오는
공사 소리가 멈추는 순간처럼요. 이런 일은 꽤
자주 있잖아요. 어떤 사람은 이런 적이 있대요.
토마토는 입에 대지도 않았는데 침을 삼킬 때마다
토마토 페이스트 맛이 나는 거예요. 이상하다
싶어서 양치를 열심히 하던 어느 날, 토마토광인
한 친구가 토마토 페이스트를 몇 상자씩
쟁여두고 매일 먹는다는 사실을 발견했다는 거죠.

산불감시원

어떤 사람이?

하수구공

바로 저예요.

사이.

산불감시원

어떤 친구가 토마토 페이스트를 먹었는데.

하수구공

걔 기억나세요? 어린이 화장품 광고 찍었던 애요.
나랑 같이 퀴즈대회 나가던.

산불감시원

아. 그 공주병 걸린 애?

하수구공

맞아요.

산불감시원

걔는 지금 뭐 하고 사니.

하수구공

어린이 장난감 만드는 회사에 다녀요. 모든 공주
장난감은 걔가 다 기획하는 거예요. 아주 개성적이에요.
엘리베이터 멜로디에 꽂힌 숫자공주 이런 걸 만들어요.
매출은 없지만.

산불감시원

그래.

하수구공, 기계들을 하나씩 살핀다.

하수구공

아빠, 새들은 언제나 집으로 돌아와요. 그런데
1700년대 초에, 밤울음새 같은 명금을 키우는 사람들은
새들이 야생 상태에서 이주할 때, 가을과 봄마다

불안하게 팔짝팔짝 뛰기 시작하는 광경을 우연히 관찰했어요. 그로부터 250년이 지난 1960년대에 생물학자들은 스티브 에믈런이 발명한 깔때기 모양의 기발한 장치를 통해서 이망증을 연구할 수 있었어요. 이망증은 말이죠, 아빠, 주로 이동하면서 사는 습성이 있는 동물들, 특히 조류 중에 철새가 제때 이동하지 못했을 때 보이는 여러 가지 특이한 불안 증세를 말해요. 미그래토리 레스틀레스니스(migratory restlessness)라고 하죠. 저의 가설은 그러니까, 제가 본 새는 이망증을 앓고 있던 거고, 이 하수구는 일종의 에믈런 깔때기 같은 거예요.[9]

산불감시원

저…그 방금 네가 말한 거 말이다. 그걸 좀 적어서 줄 수는 없겠니?

하수구공

왜요?

산불감시원

어…어. 재밌는 것 같아서.

하수구공, 종이에 글씨를 쓴다. 산불감시원에게 종이를 건넨다.

하수구공

고마워요, 아빠. 내 말을 들어줘서요. 아빠만 내 말에
관심을 가져줘요. 정말 고마워요, 아빠.

하수구공, 타일을 깬다. 욕실 바닥에 구멍을 뚫는다.
산불감시원, 종이를 들고 하수구공이 욕실 바닥에 구멍을
뚫는 모습을 바라본다.

7장

물방울이 불규칙하게 떨어지는 소리.

해설사 모, 손가방을 들고 나온다.

새가 된다.

하수구공, 해설사 모를 스쳐 지난다.

해설사 모, 들어간다.

멀리서 희미하게 들려오는 홰 치는 소리.

(2막
구멍)

1장

¶ 흑산도

무민의 손에 가락지가 끼워져 있다.
무민, 샤워기를 튼다. 요란한 물소리.
손에서 가락지가 빠진다.

무민
안 돼!

연구원
아무도 내 말을 듣지 않아.

해설사
증거가 없으니까.

연구원
내가 증거야. 내가 증거라고.

해설사

자기만 본 건 증거가 될 수 없어.

연구원

몰렉 부부 연구소 표시가 되어 있었어!

해설사

자기 몇 주째 집에만 오면 맨날 그 얘기 하는 거 알아?

연구원

정말 미안해. 나도 이러고 싶지 않은데…
연구소에서 무슨 짓을 한지 알아? 흰머리쇠기러기를
방사해버렸어. 노르웨이에서 한국의 흑산도로
날아오는 건 정말 있을 수 없는 일이야. 연구소에서
연구의 기회를 공중으로 이렇게.
(손으로 새를 만들어 날린다.)

무민

망했다.

무민, 욕실 밖으로 나간다.

해설사

너 뭐해!

무민

뭐 할 게 있어서.

해설사

뭘 할 게 있는데!

무민

실험. 과학실험.

해설사, 한숨 쉰다.

해설사

얼른 샤워해. 보일러 오래 돌리지 말고.

무민

응.

무민, 연장통을 들고 욕실에 들어간다.
줄자를 하수구 속으로 집어넣는다.

무민

아, 제발!

해설사

가락지를 잃어버린 사람은 자기잖아.

연구원

그 사실이 끔찍해! 끔찍하게 끔찍해. 차라리
다른 누가 잃어버린 거라면 좋겠어. 난 다른 사람을
원망하지 않아. 그런데 나 자신을 원망하는 일을
멈출 수가 없어. 연구소에서 매일이 미칠 노릇이야.
나는 사람들을 들볶고, 사람들은 나를 피해.

해설사

어서 일상으로 돌아와줘. 부탁이야.

연구원

나는 내 전 재산을 털어서라도 몰렉 부부를
흑산도에 초청하겠다고 말했어. 그들이 와서 직접
흰머리쇠기러기를 봐야 한다고. 그런데 몰렉 부부
연구소는 연락이 안 돼. 한나 몰렉이 강의하는 대학에
연락을 했어. 번역기 존나 돌려서. 몰렉 부부의 집
전화번호를 알아냈어!

해설사

이제 그만하는 게 좋지 않을까? 그 사람들,
흰머리쇠기러기를 엄청 많이 인공부화시킨다며.

연구원

연구원들은 개체를 분간해. 새들마다 표정이 다 달라.
한 손에 쥐어지는 작은 놈들은 개체마다 질감이
다 다르고. 처음 포획했을 때는 가락지가 부착돼 있었어.
거기에 써 있었어. 몰렉 부부 연구소 표시가 되어
있었다고. 암컷이었어. 부화한 지 얼마 되지 않았고.
그날, 장모님 실종된 날이었어.

해설사

그래서.

무민, 훌쩍이기 시작한다.

무민

그 반지 내 거 아니란 말이야.

무민, 엉엉 운다.

연구원

그 일만 아니었으면 나는 연구소에 잠자코 있었을

거야. 가락지도 없어지지 않았을 거고. 나는 바로
후속 연구에 돌입했을 거야. 전 세계의 조류학자들이
깜짝 놀랄 일이 일어났을 거야.

무민, 하수구에 귀를 가져다 댄다.

> **무민**
> 거기 누구 있어요?

사이.

> **무민**
> 거기 누구 있죠?

무민, 고개를 갸웃거린다.

> **해설사**
> 너 우리 엄마 안 없어졌으면 이 난리도 못 치고
> 어쩔 뻔했니?

> **연구원**
> 뭐?

해설사

자기가 다른 사람을 원망하지 않아? 그런데 자기 자신을 원망하는 일을 멈출 수가 없어? 시 쓰고 앉아 있다.

연구원

무슨 말을 그렇게 해?

해설사

내가 어린 남자애랑 살고 있는 건 맞는데, 해도 너무한다. 엄마 소식은 몇 번 물어보다가 쏙 들어갔지?

무민, 욕실 밖으로 나간다.

해설사

너 뭐 하는 거야!

무민

죄송해요. 정말 죄송해요.

무민, 해설사의 휴대 전화를 들고 욕실에 들어간다.

해설사

너 엄마 핸드폰 왜 가져가!

해설사, 욕실 문을 열려고 하지만 잠겨 있다. 문을 마구 두드린다.

해설사

너 이 문 열어. 문 안 열어?

무민, 하수구에 휴대 전화를 가져다 대고 녹음한다.

해설사

뭐 하는 거야!

무민

거기 누구 있죠. 맞죠? 날 봤죠?

연구원

돌겠네.

해설사

그치? 나도 돌겠어.
    (문 두드리며)
    너 문 열어! 문 안 열어! 어? 너 엄마 죽는 꼴
    보고 싶어? 야!

사이.

연구원

나오겠지. 핸드폰이 왜.

해설사

당신 마스터 키 어디다 뒀어?

연구원

글쎄.

해설사

너는 있지, 너는 제대로 아는 게 하나도 없어.
쓰잘데기 없는 새끼. 내가 이놈의 집구석 확
나가버리든가 해야지. 왜 골치 썩는 일은 내가 다
도맡아 해야 되니! 씨발 그걸 어디다 둔 거야.

해설사, 나간다.
연구원, 머리를 감싸 쥐고 앉아 있다.
해설사의 휴대 전화가 울린다. 녹음을 하던 무민, 전화를 받는다.

산불감시원

안녕하세요.

사이.

산불감시원

시작하면 돼요?

사이.

산불감시원

할게요.

사이.

산불감시원

그냥 하면 되죠?

사이.

산불감시원

(〈동물의 왕국〉 성우처럼)

새들은 언제나 집으로 돌아옵니다. 그런데 1700년대 초에, 밤울음새 같은 명금을 키우는 사람들은 새들이 야생 상태에서 이주할 때, 가을과 봄마다 불안하게 팔짝팔짝 뛰기 시작하는 광경을 우연히 관찰했지요. 그로부터 250년이 지난 1960년대에 생물학자들은⋯

무민

(산불감시원의 말을 끊고는 소리친다.)

아저씨는 가짜야!

무민, 전화를 끊는다. 전동 드릴을 켠다.

산불감시원, 당혹스럽다.

연구원, 국제전화를 건다.

¶ 노르웨이

한나 몰렉, 검은 옷을 입고 소파에 앉아 있다.

고양이를 쓰다듬고 있다.

전화벨이 울린다.

전화벨 소리에 놀란 고양이가 화장실로 들어간다.

한나 몰렉, 받지 않는다.

오토 몰렉

몰렉 부부의 집입니다. 지금은 부재중입니다.

메시지를 남겨주세요.

Hei, dette er hjemmet Moulec.

Vi har ikke mulighet til å ta telefonen

for øyeblikket.

Legg igjen en beskjed.

한나 몰렉, 오토 몰렉의 목소리를 듣고 놀란다. 전화기를 보고는
다시 슬픔에 빠진다.

연구원, 주머니에서 쪽지를 꺼내 읽는다. 더듬거리는 노르웨이어.

연구원

Kjære herr og fru Moulec.

God dag.

Jeg er trekkfuglforsker i Heuksando i Sør-Korea.

På den annekterte øyen Hongdo av Heuksando
fanget jeg dverggåsen dere klekket.

Den dagen forsvant min svigermor.

Jeg var så sjokkert og ifra meg, at jeg mistet ringen
på fuglen, det er helt idiotisk.

Jeg vet ikke mine arme råd, da det er første
gang jeg har mistet en ring.

Jeg er klar over at dette ikke kan være en
unnskyldning.

Men det er et unikt tilfelle at denne arten har
migrert fra Norge til Heuksando i Korea, og det
skal måtte til en etterfølgende forskning på dette.

Ettersom ringen er mistet kan jeg ikke bevise at
fuglen kom fra Norge.

Jeg trenger deres hjelp.

Jeg ser frem til å høre tilbake fra dere.

오토 몰렉

친애하는 몰렉 부부에게. 안녕하십니까. 저는 대한민국
흑산도의 철새연구원입니다. 저는 흑산도의 부속 섬
홍도에서 당신들이 부화시킨 흰머리쇠기러기를
포획했습니다. 그날, 저의 장모님이 실종되었습니다.
놀라고 정신이 없어서 당신들이 부착한 가락지를
잃어버리고 말았습니다, 어리석게도. 가락지를 분실한
건 처음이라 몹시 당황스럽습니다. 이게 변명거리가
될 수 없다는 것을 압니다. 하지만 이 개체의 노르웨이에서
한국 흑산도로의 이동은 이례적인 일이며, 후속 연구가
필요할 것입니다. 현재 저는 가락지가 분실된
바람에 그 새가 노르웨이에서 이동해 왔다는 사실을
증명할 수 없습니다. 당신들의 도움이 필요합니다.
회신 기다리겠습니다.

한나 몰렉, 망설이다가 일어나서 전화기를 집어 든다.
이미 끊긴 전화기에서 항공기 엔진 소리가 들린다. 드릴 소리가
멀리에서 녹음된 것이다.
고양이 소리와 함께 항공기 엔진 소리 끊긴다.

한나 몰렉

날개, 화장실에서 나와. 너 또 하수구 물 마시고 있지.

한나 몰렉, 상복을 벗고 외투를 입는다.

한나 몰렉

날개, 엄마 연구소에 좀 다녀올게.

¶ 흑산도

연구원, 한참 동안 휴대 전화를 내려다보다가

연구원

자기야! 마스터 키 어디다 뒀는지 기억났어.

해설사

(목소리)

어디!

연구원

연장통 안에.

2장

¶ 하수구공의 집

산불감시원

네 엄마는 요즘 매일 봉사활동센터에서 이걸 가져와서
끼우다가 잔다.

조교수

이게 뭐예요?

캐셔

헬멧 띠다. 헬멧 하나에 기다란 스펀지가 두 개 들어가.
스펀지 하나당 세 개의 홈이 있고. 홈을 맞추는 일이
여간 까다로운 게 아니다. 헬멧 하나를 완성하면 이백
원이야. 너도 끼워볼래?

조교수

아뇨.

캐셔

당신은?

산불감시원

쥐봐.

산불감시원, 캐셔, 스펀지를 끼운다.

캐셔

복지센터에는 치매 노인들이 많아. 그 양반들 손이
안 맞아가지고 이거 하나 끼우는 데에도 한나절이
걸리거든. 끼우다가 물어봐. 이걸 왜 끼워야 하나요?
이걸 어디다 쓰나요? 나는 이렇게 대답한다.
어디 깊고 좁은 곳에 들어가 있는 사람들의 머리를
보호해주기 위해서 만드는 거예요, 라고.

조교수

이걸 매일 집에서 해 가는 거예요?

캐셔

딱 며칠만 하는 거야. 좀 잘 보여야 되는 일이 생겼거든.
가져가 보고 센터 사람들이 좋아하면 더 해가구.

산불감시원

시키지도 않은 걸 해 가는 거야.

조교수

아니, 왜요?

산불감시원

봉사활동 센터에다가 월급을 달라고 했대.

캐셔

생각해보고 답해주겠대. 그래서 잘 보여야 해.

조교수

돈을 받는 건 봉사활동이 아니잖아요?

캐셔

그래도 내가 노동력을 쓰잖니?

조교수

사람들이 싫어할 거예요.

캐셔

사람들이 싫어할 거라구? 나는 사람들을 돕고 싶은 거다.

하수구공, 헬멧을 쓰고 하수구에서 올라온다.

하수구공

언니, 왔어?

조교수

네 취직을 축하해.

하수구공

고마워. 언니의 도움이 필요해. 하수구 안에서
반지를 발견했어.

캐셔

금이야?

하수구공

아뇨. 플라스틱이에요.

산불감시원

플라스틱 반지도 있냐?

하수구공

아빠, 아크릴로도 반지를 만들고 실로도
반지를 만들어요.

캐셔

사람들은 하수구에 반지나 목걸이를 잘 빠뜨려. 그것들은 잔뜩 녹이 슬지. 오물이 묻고.

하수구공

이건 깨끗해요. 언니, 이것 좀 읽어줄래? 반지에 글씨가 쓰여 있거든.

조교수

너 글 못 읽어?

산불감시원

넌 동생한테 그렇게 말해서 좋을 게 뭐냐.

하수구공

한글이 아니야. 영어도 아니고. 내 생각엔 노르웨이어 같아.

조교수

노르웨이어?

하수구공

응. 언니 대학교 때 전공 교재에 있던 글자들.

조교수

줘봐.

하수구공, 조교수에게 가락지를 내민다.

조교수

흰머리쇠기러기, AU 2021 IDA 1995, 5개월, 암컷,
노르웨이 몰렉 연구소.

하수구공

세상에.

조교수

왜? 이게 뭔데.

하수구공

그 새의 이름표야.

사이.

하수구공

그 새는 이 반지로부터 도망친 거야. 이름이라는
건 언제나 자기가 쫓아가는 것보다 늦게 도착하잖아.
하수구에 있는 것들은 죄다 이름으로부터 도망쳐

이동한 것들이야. 그러니까, 출석부에는 없지만
교실에는 있는 키 작은 꼬마 같은 것들 말이야.
어느 날 소풍에 갔다가 그 꼬마가 영영 사라진대도
아무도 알아차리지 못할 거야. 하지만 그 꼬마의
짝꿍 한 명 정도는 알 수 있겠지. 왜냐하면 정말로
있었으니까. 그 짝꿍이 누군가 없어졌다고
아무리 말해도 어디에도 증거가 없을 거야. 사람들은
짝꿍의 말을 믿지 못한 채 그 애를 놓고 다시 떠나지.
언니, 언니가 만났다는 언니의 엄마와 동생도
하수구 안에 있을지 몰라.

조교수

너는 내 말을 믿지 않았잖아.

캐셔

나는 드디어 쟤가 미친 것 같다는 생각이 드네.
그렇지 않아?

산불감시원

그래도 자기 힘으로 취직을 한 건 얼마나 대견해.

하수구공

나는 언니가 나에게 했던 말이 진실인지 여전히
알지 못해. 하지만 언니가 그건 진짜야, 한다면 나는

118

믿을 거야. 그러니 내 말에도 언니가 딱 이 정도의
불신을 가진다면 좋겠어.

조교수

좋아. 그럼 내가 만난 두 사람을 하수구 안에서 다시
만날 수 있다는 말이야?

하수구공

그건 모르지. 규칙을 안다고 해서 게임의 결과까지
예측할 수 있는 건 아니잖아?[10] 게다가 그 사람들은
변했을 수도 있고 이동했을 수도 있어. 내가 본 흰 새처럼.

조교수

네 말대로라면, 그 새는 왜 독수리나 밀렵꾼이나
경비행기나 깨끗하고 커다란 유리 방음벽이 아니라,
이름으로부터 도망친 건데?

3장

¶ 한국외대 서양어대학 학장실

정리되어 있다. 몇 개의 박스들.

교수
넌 며칠간 연락도 없더라. 휴강도 때리고.

조교수
생각할 시간이 필요했어.

교수
그래서 결론은?

조교수
무슨 결론?

교수
아무거나.

조교수

신문을 읽었어. 머리가 안 돌아가니까 뭐라도 읽어야
되겠더라고.

교수

인상 깊은 기사는?

조교수

고속도로에서 트럭의 짐이 쏟아지면서 게임회사로
운반되던 주사위 21만 6천여 개가 한 번에 쏟아졌대.
주사위 업체 대표는 한 번에 주사위를 굴린 수의
세계기록이다, 라고 말했대.[11]

교수

머리를 엄청 굴렸네.

조교수

응. 그래서 아무 결론도 없어.

교수

거짓말.

사이.

조교수

이탈리아어과로 갈 거야.

교수

잘 결정했어.

조교수

웬일로 쿨하네요. 고마워.

교수

너에게 고백할 게 있어. 나 폐암에 걸렸대.

조교수

그건 이미 말했잖아. 강조하고 싶은 거야?

교수

아니, 진짜로 걸린 거야.

조교수

그럼 그 전에는 가짜로 걸렸어?

교수

응.

조교수

뭐?

교수

너에게 거짓말을 했어.

조교수

어떻게 그런 거짓말을 할 수가 있어?

교수

폐 내시경을 했잖아.

조교수

내시경 결과가 그렇게 빨리 나올 리 없다고 생각했어.

교수

네 말이 맞아.

(사이)

내시경이 끝나고 나서 내가 만약 폐암에 걸린다면 앞으로 어떻게 살아야 하나, 상상하고 있었거든. 감미로운 상상이었어. 온 세계가 나를 공격하고 있는데, 그 공격들이 꼭 나에게 칼을 들이대는 담당의처럼, 한 치의 혼란도 없이 나를 진단해주고 있더라고. 그러다 도넛을 사러 갔는데 마침 병원에

도넛 배달을 왔던 사람이 있더라. 다시 만난
김에 그 사람에게 내가 폐암을 진단받았다고
말했어. 날 불쌍하게 바라보더라. 못 믿는 것
같기도 하고. 그 사람에게 싱긋 웃어줬어. 그걸
한번 하고 나니까 진짜로 폐암에 걸린 기분이
들더라고. 똥 씹은 표정이네. 밑져야 본전이잖아.
만약 폐암을 진단받으면 이미 절망에
적응했으니까 괜찮고, 폐암은 아니라고 하면
기적을 만난 것처럼 기쁠 테니까.

조교수

있지, 당신은 미쳤어.

교수

그래, 그럴지도 몰라.

교수, 학장실을 정리한다. 상자에 물건들을 넣는다.

¶ 하수구공의 집

산불감시원, 전화를 건다.

산불감시원

며칠째 전화를 안 받는군요. 음… 나에게 오늘
어떤 일이 있었는지 한번 들어볼래요?

    (사이)

    뭘 하고 있어요? 궁금하네. 음.

        (사이)

        무슨 말을 해야 할지 모르겠군. 전화 줘요.

캐셔, 들어온다.

산불감시원

또 잘렸어?

캐셔

아니. 사람들이랑 싸웠어.

산불감시원

왜.

캐셔

사람들이 나를 필요로 하지 않아. 내가 그 사람들에게
민폐가 되는 걸까?

산불감시원

또 그 소리야.

캐셔

월급을 주지 않으면 나는 더 이상 헬멧의 스펀지를
끼울 수 없다고 말했어.

산불감시원

그랬더니?

캐셔

그럼 끼우지 말래. 어려우시면 그만 나오셔도
저희는 이해해요, 이러더라. 걔들이 나를 이해한대.

사이.

산불감시원

나라도 그렇게 말하겠어. 하지만 안됐네. 집에서도
열심히 해 갔잖아.

캐셔

그래, 맞아. 가족 노동력까지 동원해서. 나는
교통비라도 달라고 했어. 계약서를 쓰게 해달라고 했어.
내 주소와 전화번호와 가족관계와 계좌번호를

알아췄으면 좋겠다고 했어. 그랬더니 알겠대.

산불감시원

교통비는 주겠대?

캐셔

응. 양식을 만들겠대.

산불감시원

다행이네.

캐셔

나 신점을 봤거든.

산불감시원

얼마 전에 봤잖아. 또 봤어?

캐셔

누가 잘 본다고 알려준 곳이 있어. 거슬리는 소리
안 한다고 강력 추천을 하더라. 그런데 엄청 거슬리는
소리를 들었어.

산불감시원

뭔데.

캐셔

당신이 지금 바람을 피우고 있대.

산불감시원

뭐? 거기 순 사기네.

캐셔

잘 보기로 유명한 데야.

산불감시원

돈 많이 썼어?

캐셔

나는 그게 진짜인지 아닌지 당신에게 캐묻지
않을 거야. 그게 내 자존심을 지키는 방법이라고
생각했어, 오는 길에.

산불감시원

말도 안 되는 소리를 하고 있어.

사이.

캐셔

있지, 당신은 사람 말을 참 잘 들어줘.

산불감시원

땡큐.

캐셔

하지만 나는 당신이 겉으로만 내 말을 듣고
있다는 걸 알아. 당신은 나에게 중요한 건 아무것도
물어보지 않아. 당신이 밖으로만 나돌 때, 당신은
나를 통하지 않고는 이 집과 대화할 줄도 몰랐지.
그런데 이제 이렇게 당신이 나보다 먼저 퇴근을 하잖아.
당신은 모든 일을 혼자 해결할 수 있게 된 거야.
이제 당신에게 나는 필요가 없어.

¶ 한국외대 서양어대학 학장실

조교수

당신은 나에게 치명적인 잘못을 했어.
당신이 거짓말하지 않았더라면 검사 결과가
달라졌을 수도 있어.

교수

애, 그게 고등교육 받은 애가 할 소리니?
며칠 전의 폐와 오늘의 폐는 거의 비슷해.
좋아질 가능성은 전혀 없고.

129

조교수

내가 당신을 떠나면 당신 폐 때문이 아니라
당신 거짓말 때문이야.

교수

믿어줄게. 기꺼이.

조교수, 교수를 노려본다.

조교수

당신이 떠오를 때마다 당신이 얼마큼 형편없는
년인지 기억해낼 거야.

교수

너는 나를 잘 이해해야 해. 나는 지금 네가 나를
떠날 수 있는 틈을 벌려주고 있는 거야.

조교수

당신은 비열해. 비열하고 치사하고 탐욕스러워!
인간에 대한 예의라든가 죄책감이라든가
정의로움이라든가… 찾아볼 수가 없어.

사이.

교수

오늘 아침에 병원에 가서 검사 결과를 받아왔어.
폐암 4기래. 그동안 어떻게 지냈는지 모르겠대.
나는 그냥 내가 강의를 많이 해서, 너에게 헛소리를
많이 해서 목에서 피가 나오는 줄 알았어. 엎드려서
자는 습관 때문에, 밥 먹고 전기장판 켜고 바로 자는
습관 때문에 역류성 식도염에 걸려서 가슴이 아픈 줄
알았어. 폐암 판정을 받으니까…졸라 아파! 욕이
나오도록 아파! 정말 좋지 않아. 정말 거지 같아. 있지,
나는 억울해. 이런 말 클리셰해서 안 하려고 했는데,
왜 나에게 이런 일이 일어난 건지 잘 모르겠어. 왜 다른
사람이 아니고 나지? 왜 나중이 아니고 지금이지?
왜 내가 죽어야만 하지? 어렸을 때 말이야, 집에 있는
개가 새끼를 여섯 마리 낳았는데 다 키울 수가 없는
형편이었어. 내가 찜해둔 하얀 개가 한 마리 있었는데,
엄마가 화를 내면서 도로 상자에 넣으라는 거야.
그래서 울면서 상자 속에 넣었지. 엄마는 고개를
돌리고 눈을 감고 상자 속에 손을 넣고 휘휘 젓더니
아무렇게나 두 마리를 뽑았어. 그리고 나머지 네 마리는
돌을 내리쳐서 죽여버렸어. 내가 꼭 그 상자 속의
개가 된 것 같아. 상자 속을 휘휘 젓는 커다랗고 거친
손을 평생 따라다니다가, 이제 돌이 떨어지기만을
기다리고 있는 거지.

조교수

제발. 그만 말하면 좋겠어. 당신 말대로 내가 떠날 수 있는 틈을 벌려주는 거라면 날 위해서 조용히 작업해줘.

교수

기꺼이.

조교수

씨발.

사이.

조교수

내가 당신 거짓말 때문이 아니라 폐 때문에 당신을 떠나면 나를 용서할 거야?

사이.

조교수

응? 아님 날 저주할 거야?

긴 사이.

교수

네가 내 앞에서 사라지면 좋겠어.

사이.

조교수

정말이야?

교수

그래.

사이.

조교수

후회하지 마.

사이.

조교수

오. 제발 이러지 마. 약속할게. 당신을 떠나지 않을게. 응?

조교수, 교수의 머리를 끌어안는다.

4장

¶ 흑산도

무민, 소리가 나오지 않는 〈동물의 왕국〉을 보고 있다.

휴대 전화에 귀를 가까이 대고 하수구에서 녹음된 소리를 듣고 있다.

한나 몰렉이 강의하는 동안 무대는 하수구가 된다.

물방울이 불규칙하게 떨어지는 소리.

새가 된 해설사 모, 손가방을 들고 헤맨다.

¶ 노르웨이

한나 몰렉, 강의하고 있다.

한나 몰렉

가장 최근의 연구는 새가 바다와 대기 중의 낮은

주파수음인 초저주파를 감지할 수 있으며, 그에 따라

방향을 설정한다는 사실을 알려줍니다. 인간의 청력

범위를 한참 벗어나는, 지진이나 고래 울음의 주파수에

가까운 이 음파는 너무도 길어서 때로는 땅속으로

수백 킬로미터까지 나아갑니다. 보금자리 둥지로부터
나오는 초저주파가 새가 있는 지점까지 도달하지
않을 경우, 귀소성 있는 새도 길을 잃습니다. 다시 말해,
새들이 집으로 돌아가려면 집에서 나오는 소리를
감지해야 한다는 것입니다. 새들은 미사일 같은 기계가
아닙니다. 저마다 독특한 성격을 지니고 있으며
유전자와 살아온 방식에 따라 서로 다른 결정을 내릴
수 있습니다. 만약 인간이 새들을 반복해서 먼 곳에
데려다 놓는다면, 새들은 보금자리로 돌아오기 위해
쓸 수 있는 수단을 모두 동원할 것입니다. 지형지물,
태양, 별, 편광, 자기장, 냄새, 저주파, 그 밖에 도움이
되는 것이라면 무엇이든.

연구원

Jeg vet at du ikke kan tro mine ord.

오토 몰렉

저의 말을 믿지 못하신다는 것을 압니다.

하수구공, 캐셔가 만들던 헬멧을 쓰고 나온다.

연구원

Om jeg var i dine sko hadde jeg heller

ikke klart å tro det.

Det er mulig at du tror forskeren på den
andre siden av telefonen er en svindler.

오토 몰렉

제가 당신의 입장이어도 믿지 못할 겁니다. 전화기
건너편에 있는 일개의 연구원을 사기꾼이라고
생각할지 모릅니다.

한나 몰렉

새들은 지도상의 어떤 지점에서도 돌아올 수 있는
찬탄할 만한 능력을 지녔지만, 여기에도 예외는
있습니다. 이유는 확실치 않습니다. 영국의 후디니라는
비둘기는 360킬로미터 레이싱 경기 도중 사라졌는데,
5주 뒤, 그것도 아주 멀쩡한 상태로, 대서양 건너
8400킬로미터나 떨어진 파나마시티의 한 지붕 꼭대기에서
발견됐습니다. 1998년, 버지니아와 펜실베니아 각각
다른 장소에서 비둘기 레이싱이 열렸는데, 황당하게도
비둘기 2200마리가 종적을 감추었습니다. 한쪽에서는
1800마리 중 1600마리가, 다른 쪽에서는 700마리
중 600마리가 사라졌으니 85퍼센트에 이르는 엄청난
상실률이었습니다.

하수구공의 뒤로 무민이 나온다.

흰 롱패딩을 입고 벽을 더듬는다.

한나 몰렉

날씨는 평온했습니다. 240킬로미터의 레이스 중
몇 마리가 매에게 잡히거나 전깃줄에 감전되어 죽는
일은 한 차례씩 있었지만, 이런 불상사도 대개
5퍼센트 미만이었고요. 이렇게 무리 전체가 종적을
감춘 일은 전례가 없었습니다. 대회 운영진들은 머리만
긁적였고 행방불명된 새들은 이후 단 한 마리도
발견되지 않았습니다. 미국 전역에서 뉴스가 되었지만
새들의 행방을 아는 사람도, 이걸 논리적으로 설명할
수 있는 어떤 학자도 없었습니다.[12]

연구원

Men ting som ikke kan forklares med logikk
hender i verden.

오토 몰렉

하지만 세상엔 논리적으로 설명할 수 없는 일이
일어나기 마련입니다.

137

연구원

Etter jeg oppdaget dverggåsen kom jeg på et
minne fra da jeg var veldig liten.
Jeg vokste opp i en liten bygd med et vannreservoir.
Jeg har bare bodd i bygder som dette.

오토 몰렉

흰머리쇠기러기를 발견하고 난 뒤, 아주 어릴 적
기억이 떠올랐습니다. 저는 저수지가 있는 시골
마을에서 자랐습니다. 이렇게 시골만 전전하고 있죠.

연구원

Før i tiden var det av og til barn som fulgte
storesøskenene deres til skolen uten å være
registrert.

오토 몰렉

옛날 시골 학교에는 종종 입학하지 않고 형이나 누나를
따라 학교에 오는 아이들이 있었습니다.

연구원

Min nærmeste venn på den tiden var den
minste i klassen.
Ingen visste om hun var der eller ikke fordi

hun ikke syntes.

Andre snek foran henne hele tiden.

Derfor var hun en som var i klasserommet,

men ikke på klasselisten.

오토 몰렉

저와 가장 친한 친구는 반에서 가장 작은
아이였습니다. 눈에 띄지 않아 아무도 그 아이가
있는지 알지 못했습니다. 그 애는 새치기를
당하기 일쑤였습니다. 그러니까 그 애는 교실에는
있지만 출석부에는 없는 애였습니다.

연구원

En dag forsvant hun da vi var på tur til
vannreservoiret.

Hun sa hun ville prøve å gå nærme reservoiret,
og jeg klarte ikke å stoppe henne.

Jeg fortalte de andre vennene og læreren om at
hun ikke hadde kommet tilbake.

오토 몰렉

어느 날 저수지로 소풍을 갔다가 그 애가
없어졌습니다. 그 애가 저수지 가까이에 가보겠다고
했는데 그 애를 말리지 못했습니다. 나는 그 애가

아직 돌아오지 않았다고 선생님과 친구들에게 말했지요.

연구원

Læreren tok opprop.
Jeg insisterte læreren til å ta opprop fem ganger.
Men fordi hun ikke var på klasselisten kunne vi
verken vente eller lete etter henne.

오토 몰렉

선생님은 출석을 불렀습니다. 제가 우겨서 다섯 번이나
불렀습니다. 하지만 그 애는 출석부에 없었기 때문에
우리는 그 애를 기다릴 수도 찾아 나설 수도 없었습니다.

연구원

Jeg pleide å snakke om hun hver gang vi
hadde klasse-reunion, men har sluttet med det nå.
Jeg husker han fortsatt klart og tydelig til den
dag idag.

오토 몰렉

동창회에 나갈 때마다 그 애 이야기를 했지만,
이제는 하지 않게 되었습니다. 하지만 저는 지금도
그 애를 생생히 기억합니다.

하수구공, 들어간다. 무민, 여전히 벽을 더듬고 있다.

한나 몰렉

장례식에 찾아와준 학생 여러분에게 고맙습니다.
덕분에 많이 좋아졌습니다. 수업이 5분 남았군요.
시시껄렁한 소리 하나 하겠습니다. 저와 남편이
노르웨이에서 인공부화시킨 생후 5개월 된
흰머리쇠기러기가 한국의 흑산도에서 발견되었다는
이야기를 들었습니다. 가락지를 잃어버린 채 말입니다.
가락지가 부착되지 않은 새는 이동 경로를 파악할 수
없죠. 따라서 연구소에서는 새를 방사했습니다.
GPS를 확인해보니 가락지는 지금 한국의 서울에
있습니다. 가락지를 잃어버린 새는 지금 어디에
있을까요? 우리는 영원히 알 수 없습니다. 왜냐하면
가락지를 잃어버렸기 때문이죠. 새를 발견한 단
한 명의 연구원만이 새의 가락지를 보았다고 주장하고
있습니다. 사라진 이천 이백 마리의 새들에 대해
왜 어떤 학자도 논리적으로 설명할 수 없었는지 저는
조금 알 것 같더군요. 그들은 설명하지 못한 게
아니라 설명하지 않았던 겁니다. 어떤 증거도 미량의
정보도 없이 연구를 시작하는 건 바보 같은 일이기
때문입니다. 삶을 통째로 저당 잡히는 일이죠.
그것 외에도 이 세상에는 불가해한 일들이 많습니다.
불가해한 일은 불가해한 채로 두는 게 맞아요.

저는 한국의 연구원이 거짓말을 하고 있다고 생각하지
않습니다. 그의 말을 듣고 싶지 않을 뿐이죠. 남편이
죽기 전 마지막으로 그 새의 GPS 정보를 삭제하자는
말을 했습니다. 오늘 강의는 여기에서 마칩니다.

오토 몰렉, 들어간다.
하수구 소리 커진다. 항공기 엔진 소리.

연구원
작가 조너선 로젠은 상공에서 거대한 무리를 이룬
새들의 매혹적인 모습을 보고 이렇게 말했지요.
"새들이 우리의 마음을 사로잡는 것은 공중에 미지의
언어를 새기는 듯한 그 움직임에 있다. 읽어낼 수
있으면 좋으련만." 우주의 다른 많은 것들은 무질서를
향하는 경향이 있습니다. 유리잔이 바닥에 떨어져
박살 나면 그 조각들은 자발적으로 재배열되지 않아요.
상호 작용하는 요소들이 너무 많기 때문이지요.[13]

한나 몰렉, 들어간다.

무대 밝아진다.

무민
아저씨.

연구원

어, 어. 엄마가 너에게 화가 많이 났어.

무민

저도 알아요. 아저씨, 티비 소리 언제 나와요?

연구원

수리 기사 부른다는 걸 깜빡했네.

무민

이완호 아저씨 목소리를 못 들은 지 한참 됐잖아요.

연구원

그게 누군데.

무민

있어요.

연구원

그래…

　　(사이)

　　미안하다.

무민

아저씨, 이거 들어볼래요? 하수구에서 나는 소리를
녹음했어요.

연구원

뭐가 들리니?

무민

깊은 곳에서 불어오는 바람 소리 같기도 하고,
멀리서 치는 천둥소리 같기도 하고, 비행기 엔진 소리
같기도 해요.

연구원, 휴대 전화에 귀를 가져다 댄다.

5장

¶ 한국외대

조교수

학교까지 찾아오실 줄은 정말 상상도 못 했어요.

연구원

다급해서요.

조교수

제 연구실로 몇 번 전화를 하셨죠.

연구원

학장님이 전화를 하도 안 받으시길래.

조교수

연구실 전화는 안 받으실 거예요. 서양어대학
학장실에 주로 계시거든요. 그리고 요즘 엉망이셔서.

연구원

그렇군요.

조교수

말씀하셨던 그 교수, 누구였더라. 몰렉?

연구원

네. 한나 몰렉.

조교수

그 교수가 있는 베르겐 대학 말이죠.

연구원

네.

조교수

제가 한나 몰렉이라면 불쌍해서라도 윙크
한 번 정도는 해주겠어요.

연구원

제 생각엔 한나 몰렉은 지금 패닉에 빠져 있는 것 같아요.

조교수

좀 기다려 보시죠? 저희가 공식적으로 해드릴
수 있는 건 없어요. 저희 스칸디나비아학과보다는
대외협력과로 문의하시는 게 더 빠를 텐데.

연구원

거기에 노르웨이어를 할 줄 아는 사람이 있나요?

조교수

지금이 어느 시댄데. 공문은 영어로 주고받죠.
아님 옆에 경희대에 가보시거나.

연구원

경희대요?

조교수

윤무부 박사님이 명예교수로 있을 걸요. 그쪽으론
문외한이지만.

연구원

조류학자들은 저를 한심하게 생각할 거예요.
교수님, 저는 연구소에 보고도 하지 않고 흑산도에서
여기 한국외대까지 출장을 왔어요.

조교수

출장이 아니고 땡땡이인 것 같은데요. 일탈이라든가.

연구원

이망증에 걸린 새들의 이동에 관해 획기적인 연구를

할 수 있을지도 몰라요.

조교수

제가 민원처리반은 아니어서요. 멀리서 오셨는데,
죄송합니다.

연구원

거기에 어학연수 가 있는 학생 없나요. 그럼 제가
아르바이트로 고용을 한다거나.

조교수

두엇쯤 있어요. 물론 걔들은 몰렉 교수가 있는
지구생물학 센터로 가지는 않았죠. 어학연수니까.
그리고 교수로서 어떤 공신력도 없는 일자리를
소개하는 건 직업 윤리에 맞지 않죠.

연구원

제가 할 수 있는 건 노르웨이어를 할 수 있는
사람이 있고, 그 학교와 자매결연을 맺고 있는
한국외대에 찾아오는 것밖에 없었어요.
오슬로 대학과 자매결연을 맺은 대학들은 많더군요.
그런데 베르겐 대학은 한국외대 뿐이에요.
　(사이)
　제가 이상해 보이겠죠. 알아요. 교수님, 나에게는

정말 생생한데, 나에게만 생생해서 다른 사람들은
믿어주지 않는 상황을 겪어보신 적 있으세요?
누구에게도 증명해 보일 수 없고, 내가 잃어버렸고,
그래서 뭘 탓할 수도 없고, 주변에서는 나를 계속
부정하죠. 그래서 미칠 것 같은…

조교수

베르겐은 항만 도시죠. 노르웨이는 곶이고요.
곶 안의 만이에요.

    (사이)

    도움을 주지 못해 미안합니다.

6장

헬멧을 쓴 하수구공, 나온다.

무민, 그 뒤를 따라간다.

깃털 몇 개가 떨어진다.

교수, 나온다.

얕은 웅덩이의 물이 첨벙이는 소리.

멀리에서 새 몇 마리가 퍼덕이는 소리.

7장

¶ 하수구공의 집

교수, 도넛 몇 박스와 테이프 청소롤 한 팩을 들고 서 있다.

하수구공
안녕하세요.

교수
안녕하세요.

하수구공
누구세요?

교수
집에 아무도 안 계시나요?

교수, 하수구공 등 뒤로 뒤집어진 욕실을 본다.

교수
아. 공사하고 계셨군요.

하수구공

실험을 좀…

교수

무슨 실험이요?

하수구공

상징적으로, 과학실험…

교수

아…

하수구공

누굴 만나러…

교수

마트에서 일하시는 분이요.

하수구공

아. 저희 어머니요. 지금은 마트 안 다니세요. 어쩐 일로…

교수

마트에 가서 연락처를 물어봤는데, 며칠째 전화를
안 받으셔서요. 주소를 물어봤어요.

하수구공

무슨 일이…

교수

말하자면 좀 복잡한데.

하수구공

그럼 말씀 안 하셔도 돼요.

교수

아니, 그건 아니고요.

하수구공

아…

교수

마트에서 처음 뵀는데, 제가 그날 상태가
많이 안 좋았어요. 총체적으로 말이에요.

하수구공

아…

교수

좀 쪽팔리지만, 그래서 계산을 하다가 울음을

터뜨렸는데, 잘 달래주셨어요.

하수구공

아…

교수

그리고 그날 제가 내시경을 해야만 했는데,
보호자가 있어야 했거든요. 저는
보호자가 없었고요. 그래서 옆에 있어주셨어요.

하수구공

아…

교수

어머니께서 아무 말씀 않으시던가요.

하수구공

네…

교수

그리고 병원에서 제가 깨어났다는 말을 들으신 뒤에
바로 사라지셨어요. 감사 인사를 드리고 싶어서요.

하수구공

엄마는 사람들에게 도움을 줄 때 뿌듯함을 느끼세요.

교수

훌륭한 분이시네요.

하수구공

그렇게 생각하세요?

교수

네.

하수구공

우와. 저희 언니와 아버지는 그걸 지켜워해요.

교수

타인을 돕고 타인을 견디는 걸 해내는 사람은 훌륭한 사람이에요.

하수구공

우와. 저는 출장 하수구뚫이예요.

교수

멋진 일을 하시네요.

155

하수구공

정말요?

교수

네!

하수구공

정말 그렇게 생각하세요?

교수

진심으로요.

하수구공

감사합니다. 감사해요. 정말로요.

(사이)

차를 좀 드릴까요!

교수

좋아요.

하수구공

차가 없네요. 아, 이참에 어디에 뭘 좀 먹으러 나갈까요!
저녁 드셨어요?

교수

아뇨. 아직.

하수구공

그래요? 그럼 정말 뭘 먹으러 나갈까 봐요!

교수

그쪽만 괜찮으시다면 저는 뭐든 괜찮아요.

하수구공

정말요? 그래요? 아. 제가 지금 하수구를 뚫고
있었어요. 샤워를 해야 해요. 저한테서
꿀꿀한 냄새가 날지도 모르니까요. 그러면
선생님 기분이 안 좋아질지도 모르고요.

교수, 하수구공의 목덜미에 다가가 냄새를 맡는다.

교수

전혀요. 아무 냄새도 안 나요.

하수구공

그래요? 샴푸 냄새는요?

교수

샴푸 냄새는 좀 나요.

하수구공

그래요? 그럼 섬유유연제 냄새는요?

교수

그것도 좀 나고요.

하수구공

옷장 속 나프탈렌 냄새는요?

교수

리틀빗.

하수구공

좋아요. 자연스러워요. 모든 게 다 괜찮네요.

¶ 조교수의 집

연구원, 조교수 약간 취했다.

조교수

솔직히 말할게요. 나 대학교 때 이후로 남자
처음 만나봐요.

연구원

연애에 별 관심 없어요?

조교수

오랫동안 연애를 안 했다는 말이 아니라 여자를
만나왔다는 뜻이에요.

연구원

오.

조교수

난 당신이 다짜고짜 보내는 메시지를 피하지 않았던
것뿐이에요. 내가 뭘 먼저 해볼 생각은 없었어요.

연구원

(겉옷을 집어 들며)
제가 이만 가는 게 좋겠죠?

조교수

아뇨, 아뇨. 여기에 있어요. 좀 궁금했어요. 내 친구도

레즈비언인데, 걔는 남자가 싫지만 남근은 좋다고
하더라고요.

연구원

아, 네. 저를 그냥 좆으로 보고.

조교수

꼭 그렇다는 건 아니에요. 어떤 사람은 남편이
빨간 도마에 김치 써는 걸 보고 반했대요.

연구원

그래서요?

조교수

내 말 못 알아듣겠어요?

연구원

네.

조교수

그러니까 사소한 한 부분을 보고 그 사람의 전체를
좋아하게 되기도 한다는 거죠.

연구원

희망적이네요.

조교수

그런가요?

연구원

네.

조교수, 웃는다.

조교수

다 구라예요. 내가 당신이 좆으로 보이면
그건 내 인생 피는 거예요. 좆이라고 불리는
사회적 합의를 얻게 되는 거죠, 문재인 정부로부터.
   (사이)
   민주당 지지해요? 음. 이게 유머로
   받아들여지면 좋겠는데.

연구원

유머로 받아들여졌어요.

조교수

고맙네요. 나는 녹색당 지지해요. 식물은 맨날 죽여요.

그래도 화장은 종종 하고 다녀요. 영화 같은 데에서
보면 이럴 때 각자 삶의 어려움을 이야기하다가
공통분모를 찾고 섹스를 시작하던데. 당신이 어떤
어려움을 겪고 있…는지는 귀에 딱지가 앉도록
들었군요. 당신은 너무 드라마퀸이에요.

연구원

나랑 섹스할 거예요?

조교수

아뇨.

    (사이)

    센서티브하네요.

연구원

빨간 도마에 김치 써는 것처럼?

조교수

맞아요. 잘하네요.

¶

하수구공

잠시만요. 저는 외출복이 많지 않아서요.

교수

천천히 하세요.

하수구공

내시경 검사 결과는 괜찮았나요.

교수

아뇨. 아주 나빴어요. 정말 많은 게 나쁘죠.

하수구공

그중 가장 나쁜 건 뭐예요?

사이.

교수

제가 비행기 공포증이 있다는 거요.

사이.

하수구공

만약에 집에 하수구가 막히면 언제든 말씀하세요.
선생님에게는 공짜로 해드릴게요. 적자지만.

하수구공, 웃는다. 연극이 시작되고 난 후
처음으로 웃는 것이다,
아마도.

교수

감사합니다.

하수구공

그렇게 나쁜 상황이라면 사람이 필요하지 않으세요?

교수

사람이요?

하수구공

언제든 집에 하수구가 막히면 뚫어줄 사람이라든가,
형광등을 갈아줄 사람이라든가, 한밤중에 먹고 싶은
과일을 사다 줄 사람이라든가, 집에 서류 따위를
놓고 가면 직장까지 가져다줄 사람이라든가. 검사를
받을 때 병원 복도에서 양손으로 이마를 감싸 쥐고
기다려줄 사람이라든가.

교수

저는 무신론자예요.

하수구공, 교수에게 다가간다. 키스한다.

조교수, 연구원에게 다가간다. 키스한다.

교수

잠깐만요.

　(사이)

　미안해요. 이러지 않는 게 좋겠어요.

　저는 애인이 있어요. 아직 있는지는 모르겠지만.

　아무튼 그 애는 이런 상황을 만들지 않을 것

　같다는 생각이 들었어요.

긴 사이.

하수구공, 외출복을 벗고 헬멧의 스펀지를 끼운다.

교수, 일어나서 하수구공의 정수리를

오래 바라보다가 나간다.

¶

조교수

난 삽입섹스는 안 좋아해요. 이게 내 유일한
정체성이에요. 탐폰 잘못 끼운 것 같거든요.

연구원, 당황한다.

연구원

그럼 오랄을 해줄 건가요?

조교수

난 오랄섹스를 안 좋아해요. 키스하는 척하면서
파트너의 배꼽에 항상 침을 뱉었다고요. 그걸 당하고
싶어요? 삽입섹스를 안 좋아한다고 해서 오랄을
해줘야 할 이유는 없어요. 삽입섹스를 안 좋아한다고
해서 절절한 사랑을 해야 한다는 법도 없고요!
십 년을 사귄 레즈비언 커플은 아름답지 않아요.
당신들이 보는 백합물에 나오는 그런 생리대 광고
찍을 것 같은 창백한 유령들이 아니란 말이죠.
죽을병에 걸린 누군가를 눈 하나 깜짝 않고 떠나도
벌을 받지 않을 수 있다, 이 말이에요. 알아들어요!

연구원

요즘 겪는 어려움이 뭔지 생각났어요.

조교수

닥쳐요.

연구원

그리고 난 참외배꼽이에요.

연구원, 나가려고 한다.

조교수

가지 말아요. 삽입섹스 안 좋아한다는 말 취소할게요.
네? 나랑 같이 있어줘요. 당신이 먼저 나를 찾아왔잖아요.

사이.

조교수

날 아무렇게나 다뤄줘요.

8장

¶ 하수구공의 집 그리고 흑산도

산불감시원

난 이게 처음이라. 전화로만 하면, 실제 행위는
즐기지 않는 건가.

해설사

난 내 소리를 들어줄 사람이 필요한 거예요.
당신은 말하지 않고 듣기만 하면 돼요.

산불감시원

왜 날 선택한 거요.

해설사

당신은 내 소리를 잘 들어줄 것 같았어요.

산불감시원

음…

해설사

그리고 무능할 것 같았고.

산불감시원

음… 당신은 나에게 궁금한 게 없소?

해설사

물어보면 사실대로 대답하는 인간이 있을 것 같아요?
목소리면 충분해요. 전화를 통해 들리는 목소리는
꼭 지하를 통해서 오는 것 같거든. 지금부터 질문은
세 개만 받습니다. 하나.

사이.

산불감시원

당신은 오늘도 치마를 입었나요?

해설사

아뇨. 바지. 추우니까.

산불감시원

역시, 제복?

해설사

둘. 네.

산불감시원

이름표도 달았나요?

해설사

셋. 네. 이름표랑 마이크.

산불감시원

좋아요.

해설사

이제부터 아무 말도 하면 안 돼요.

산불감시원

합.

사이.

해설사

좀 참신하게 하고 싶은데.
(사이)
대답은 하지 말고.

사이.

해설사

우리는 지금 남문바위를 지나고 있습니다.
남문바위는 홍도의 남쪽에 있다고 해서 남문이라고
부릅니다. 이 큰 바위 중앙에 큰 구멍이 뚫려있죠.
구멍은 바닷물에 닿아서 시간이 지날수록 점점
넓어집니다. 긴 시간이 지나면 바위보다 구멍이 더
커질지도 모릅니다. 우린 지금 그 구멍 아래를 통과하고
있습니다. 고개를 오른쪽으로 돌려보시겠습니다.
홍도 1경을 보고 계십니다. 도승바위라고 하는데요.
폭풍우가 치는 날이면 도승바위 근처에서 개가
울부짖는 소리가 들린다네요.[14]

긴 사이.

해설사

어린이 여러분, 무서워하지 않아도 돼요. 지금은
폭풍우가 치지 않는 걸요. 우리는 남문바위를 이제
막 빠져나왔습니다…

해설사, 숨이 가쁘다.

171

해설사

고마워요.

산불감시원

아닙니다.

사이.

산불감시원

내가 가짜인가요?

해설사, 산불감시원의 말을 듣지 못하고 전화를 끊는다.
산불감시원, 우두커니 서 있다. 휴대 전화를 꺼버린다.
연구원, 들어온다.

해설사

연구소에서 전화 왔어. 너 해고할 거래.

연구원

와우.

해설사

놀라지도 않는구나.

연구원

그들이 이렇게까지 야박할 줄은 몰랐어. 야박보다,
치사에 가깝지.

해설사

내가 소장이라면 너를 백 번도 더 자를 거야.

연구원

자기야, 역사에 남은 모든 획기적인 연구는 일탈로부터…

해설사

어린이 과학동아 같은 얘기 하고 앉아 있네.

연구원

자기 말이 좀 거칠어지는 것 같은데.

해설사, 연구원을 바라본다.

해설사

홍도에 간 거 맞아?

연구원

응. 맞아.

해설사

아니지.

연구원

맞아. 홍도에 다녀왔어.

해설사

누구야? 말해.

연구원

뭘?

해설사

어떤 년이랑 밤마다 통화하고. 폰섹스라도 해?
전화로 뭐 동물의 왕국 이런 거라도 찍어, 밤마다?

연구원

무슨 소리야.

해설사

전화로 만난 여자를 직접 만나러 다녀왔어?

연구원

아니야!

174

해설사

바른대로 말해.

연구원

서울에…

해설사

그 여자가 서울에 있었구나.

연구원

그런 게 아니라, 한국외대 스칸디나비아학과에
노르웨이에 있는 한나 몰렉과 통신을 좀 해달라고
부탁하려고.

해설사

그래서.

연구원

거기에 있는 교수를 만났어.

해설사

여자?

연구원

응.

해설사

잤어?

연구원

그 여자 레즈비언이었어.

해설사

잤냐고.

연구원

응.

사이.

해설사

그래.

연구원

뭐?

해설사

알았다고.

연구원

정말 미안해. 죽을죄를 지었어.

해설사

아니야. 잘됐어.

연구원

날 떠날 거야?

해설사

응.

9장

¶ 하수구공의 집

캐셔

왜 이렇게 전화가 안 돼? 종일 전화했잖아!

산불감시원

꺼놨어.

캐셔

왜?

산불감시원

그냥.

(사이)

그렇게 됐어.

캐셔

벌써 기종 바꿀 때 된 거야?

산불감시원

아니야. 무슨 일인데.

캐셔

그 사람들이 나에게 돈을 줄 수 없대. 나보고 그냥
그만두시는 게 어떻겠냐고 하더라. 그러다가는 제발
그만둬주면 안 되겠느냐는 거야. 왜 걔네가 나한테
빌어! 빌려면 내가 빌어야지! 이 세상 사람들은 자기가
피해자가 되고 싶어서 미쳐버렸어.

산불감시원

당신은 집에서 좀 쉬는 게 좋겠어.

캐셔

나는 그 사람들이 나보고 그만두라고 말하기 전에
그만두는 그림을 상상했어. 어떤 상황에서든 그 편이
깔끔하지. 그런데 경찰까지 부를 줄은 몰랐어!

산불감시원

당신 난동을 피웠어?

캐셔

나는 아주 교양 있었어.

산불감시원

경찰이 왜 온 건데.

캐셔

어떤 치매 노인이 나를 신고했어. 정확히는 치매 노인의
아들이. 봉사자가 노인을 학대했대. 그게 나래.

산불감시원

당신 노인을 학대했어?

사이.

캐셔

당신은 안 믿는구나, 나를.

사이.

캐셔

난 그냥 그 할머니가 영양소를 골고루 먹었으면
좋겠다고 생각했어. 그래서 입에 넣어줬던 거야.

사이.

180

캐셔

합의금을 줘야 된대. 아주 많이. 나는 벌어둔 돈이 없어.
혹시 당신 있어?

사이.

캐셔

나는 어디 가면 일 잘한다 소리 듣는다고.

산불감시원

당신은 그런 말을 듣고 싶은 거야, 그냥.

캐셔

당신이 내게 그런 말을 충분히 해주지 않았잖아.

산불감시원

나는 많이 해줬어. 당신은 꼭 필요한 사람이야.
당신은 나를 안내해 주고…

캐셔

그만 말해. 엎드려 절 받기 싫어.

산불감시원

날더러 어떻게 하라는 거야.

사이.

캐셔

내가 사람들을 너무 졸랐나? 응? 그런 것 같아?

사이.

캐셔

나는 사람들을 견뎌줬어. 그리고 사람들에게
민폐가 될까 봐 언제나 두려웠어. 그런데
사람들은 왜 나를 견뎌주지 않지? 왜 진심으로
나를 견뎌주지 않지?
(사이)
이건 너무…부끄럽잖아.

산불감시원, 나간다. 화장실에서 하수구공이 나온다.
캐셔의 옆에 있어준다.

¶ 병실

조교수

좀 어때?

교수

발가락이 부러졌어.

조교수

고양이 찾다가 넘어졌어?

교수

폐암 말기 증상이래. 뼈에 전이가 일어나는 거야.

조교수

많이 아파?

교수

네가 생각해도 그렇지 않겠니?

조교수

나 이탈리아어과 학술답사 갈 거야.

교수

와우. 잘 다녀와.

조교수

내일이야.

교수

네가 돌아올 때까지 내가 살아 있을지는 모르겠다.

조교수

비행기 표 보여줄까?

교수

이 병실에서 나가. 꺼져버려.

조교수

그래.

사이.

조교수

선생님.

교수

선생님이라고 부르지도 마.

조교수

선생님!

교수

너는 가짜야. 너는 내가 연구실에서 고양이를
쓰다듬는다고 사랑할 줄을 모른다고 했지.
너는 고양이를 쓰다듬을 줄도 몰라. 내가 너에게
배운 사랑이 뭔지 모르겠어. 내가 배운 사랑은
네가 옆에 있지 않을 때 너에게 부재중 전화를 수십 통
남기는 대신에 고양이를 쓰다듬는 거야.

조교수

그거 되게 동물권을 고려하지 않은 발언이네.

교수

내가 생각하는 사랑은 아플 때 상대가 곁에
있어주는 거야. 내가 마땅히 네 옆에 있어주는 거야.
함께 한적한 시간을 보내는 거고, 쫓기거나 숨지
않는 거야. 쓸데없는 걸 사러 먼 길을 가기도 하고
맛없는 걸 먹으러 오래 헤매기도 하는 거야.
이렇게 생산적으로 정수기 수질검사 하듯 생사를
확인하러 오는 게 아니라는 말이지.

조교수

저는 못 하겠어요.

교수

나를 사랑한다면 나를 배신하지 말았어야지.

조교수

당신 옆에 있으면 내 인생이 양지의 끄트머리에
아슬아슬하게 걸쳐져 있는 것만 같다고.

교수

설명하지 말고 꺼져.

조교수

꺼질 거야. 꺼질 거라고.

교수

꺼질 거면 한 번에 꺼져! 난, 목이, 정말,
아파, 씨발! 가슴이 정말 아프다고. 나 자극해서
네 죄책감 충족시키지 마, 비겁한 년아.

조교수, 나간다.

하수구공

엄마. 난 엄마랑 닮은 것 같아요. 난 지금까지
내가 아빠를 닮은 줄 알았는데.

캐셔

얘, 땅 밑은 좀 재미있니?

하수구공

하수구 안에서 나를 닮은 애를 봤어요.

캐셔

그래?

하수구공

걔도 저처럼 과학영재래요. 학교에서 선생님이
과학 친구를 만들어 오라고 한 모양이에요.

캐셔

너 옛날에 숙제 해 가던 생각이 나네.

하수구공

하수구 안에서 엄마를 닮은 여자도 봤어요.

캐셔

그 여자는 멋지게 살고 있었니?

하수구공

정말 멋졌어요. 하이힐을 신고, 대학에서
강의를 하고 있었어요.

캐셔

무슨 강의를 했니?

하수구공

새에 대한 강의를 했어요. 근사했어요.

캐셔

새에 대해 뭐래디?

하수구공

처음 보는 것을 각인할 줄 아는 새끼 새들만이
살아남을 수 있었대요. 새끼 새는 태어나자마자
처음 보는 것을 어미라고 믿고 따라다녀서,
부츠나 공을 어미라고 믿는 새들도 있대요. 엄마,
너무 어이없지 않아요? 왜냐하면… 부츠여야 할
이유나 공이어야 할 이유가 하나도 없잖아요.

캐셔

얘, 나도 거기로 좀 데려다 주련? 내가 나여야 할
이유 없이 나로 사는 것보다 부츠여야 할 이유 없이
부츠로 사는 게 나은 것 같다.

하수구공, 캐셔의 손을 잡고 화장실로 데려간다.

텅 빈 무대, 산불감시원 들어온다.
집 안에는 아무도 없다.
산불감시원 앞에 흰 롱패딩이 흔들거린다.

산불감시원

오. 이게 뭐야. 오. 제발. 오.

산불감시원, 뒷걸음질 친다.
롱패딩, 산불감시원을 따라 움직인다.

산불감시원

주님, 저를 구원하세요.

10장

물이 무릎까지 차오른다.

새가 된 해설사 모, 나온다.

하수구공, 나온다.

무민, 하수구공을 뒤따라 나온다.

교수, 하수구공을 지나친다.

교수, 새가 되기 시작한다.

들어간다.

무민과 하수구공은 하수구 안에 남아 천천히 새가 된다.

산불감시원, 나온다.

산불감시원 앞으로 캐셔 나온다.

오토 몰렉, 나온다.

산불감시원, 새가 되다가 멈춘다.

캐셔, 한나 몰렉이 된다.

한나 몰렉, 오토 몰렉을 향해 다가간다.

좁은 곳에 갇힌 새떼가 푸드덕대는 소리.

(3막
구멍의 안)

1장

¶ 노르웨이

한나 몰렉, 오랜만에 캠프에 들른다.

오토 몰렉의 유품을 정리한다.

컴퓨터들을 켠다. 경로를 이탈한 흰머리쇠기러기의 정보를 삭제하려는 것이다.

바닥에 떨어진 녹음기를 본다. 녹음기를 재생한다.

항공기 엔진 소리 들려온다.

¶ 병실

교수, 잠들어 있다.

무민, 교수를 살핀다.

무민

할머니.

교수, 무민을 바라본다.

무민, 롱패딩 안에서 고개를 내민다. 교수, 안심한다.

192

교수

난 할머니가 아니다, 아직은. 내 입으로 나를
할머니라고 말하는 것과 남한테 듣는 건 기분이 좀
다르네. 아무튼 그래도 안녕.

무민

할머니와 이야기할 수 있게 되어서 좋아요.

교수

나도 그렇다. 항암 치료를 시작하면 헛것이
보인다고들 하던데. 나에겐 네가 보이는구나.

무민

저는 언제나 다른 어딘가에 가고 싶었거든요.

교수

나도 그렇다. 하지만 여기 꼼짝없이 묶여 있어.

무민

잘됐어요.

교수

잘됐다고?

무민

할머니를 보고 싶을 때마다 제가 여기로 오면 되잖아요.

교수

너는 이곳저곳 다니면서 나는 여기 꼼짝 못 하게
하는구나.

무민, 어깨를 으쓱한다.

교수

나는 이 치료가 영 마뜩잖아. 너는 폐암의 천사니?

무민

아니요. 저는 무민이에요.

교수

무민? 그 무민 말이야? 토베 얀손이 그린 트롤 캐릭터?

무민

토베 얀손이 누군데요?

교수

핀란드의 동화 작가야. 화가이기도 하지. 그 사람이
무민을 처음 만들 때 일기에 뭐라고 적었는지 아니?

"침대 밑의 무민 트롤이 밤이 되면 내 슬리퍼를
이쪽저쪽으로 옮긴다." 내일 아침에 일어나서
침대에서 내려갈 때 발에 슬리퍼가 꿰어지지 않으면
네 탓이라고 생각하면 되는 거냐?

무민

할머니의 슬리퍼를 함부로 옮기지 않을게요.

교수

착하구나.

무민

감사해요.

교수

예전에 친구가 신점 보는 곳을 알려줘서 갔던 적이 있어.
신점을 보면 수호신이 누구인지도 알려준다는데.
다른 것보다도 나는 내 수호신이 어떤 모양일지 궁금했지.
제발 남자는 아니어라, 생각하면서. 그런데 그 문 앞에
가니까 들어가기가 싫더라고. 입금도 했었는데
집에 도로 왔지 뭐니. 어쩌면 넌 나의 수호신이니?

무민

아닐걸요.

교수

그래? 그렇다면 더 이상 나에게 나타나지 말아다오.
나에게는 수호신이 필요해. 나를 살려주거나
천국으로 이끌어줄.

무민

저는 그냥 제가 있는 곳이 아닌 다른 곳에
오고 싶었을 뿐이에요.

교수

얘, 폐암의 천사야, 나는 아직 준비가 안 됐어.

무민, 사라진다.
교수, 침대 밑으로 발을 내리고 슬리퍼를 찾는다.

교수

허…슬리퍼가 사라졌네.

¶ 도넛 가게

캐셔, 휘발유 통을 들고 있다.

도넛판매원

어서 오세요.

캐셔

네.

캐셔, 도넛판매원을 바라본다.

도넛판매원

거기 쟁반에 드실 도넛들을 담아 오시면 됩니다.

캐셔

네.

도넛판매원

그 옆의 집게로요.

캐셔

네.

도넛판매원

종이도 깔고요.

캐셔

네.

캐셔, 안절부절못하며 돌아다닌다.

¶ 병실

하수구공, 들어온다.

하수구공

좀 어때요?

교수

아주 좋아.

하수구공

다행이에요.

교수

너 내가 이 얘기 하면 날 미쳤다고 생각할 거니?

하수구공

아뇨.

교수

약속할 수 있어?

하수구공

그럼요.

교수

흰 롱패딩을 입은 꼬마가 눈앞에 나타났어.

하수구공

천사였나봐요.

교수

트롤이었어.

하수구공

트롤이요?

교수

무민 말이야. 핀란드의 작가 토베 얀손이 만든.
레즈비언이었지. 툴리키 피에틸레와 반 세기 넘게
함께 살았다. 외딴 섬에 오두막을 짓고.

하수구공

우리도 그렇게 될 수 있다면 좋겠어요.

교수

얘, 난 곧 죽는다.

하수구공

그렇게 말하지 말고요.

¶ 도넛 가게

도넛판매원

제가 담아드릴까요?

캐셔

여기 도넛 맛있어요?

도넛판매원

네?

　　(사이)

네.

캐셔

다행이네요.

도넛판매원

괜찮으세요?

캐셔

완벽해요.

¶ 병실

교수

토베 얀손은 아쓰미 다미코라는 아이에게
하이쿠를 받았다고 썼단다. 멀리 떨어진 푸른 산을
바라보는 늙은 여자에 관한 하이쿠였어.
"그녀가 젊었을 때는 산이 안 보였었지. 이제는
거기까지 갈 수가 없네." 아쓰미 다미코라는
아이는 가상 인물이었어.[15]

하수구공

나에게 당신은 가상 인물이 아니에요.

교수

그야 네 앞에서 이렇게 하루가 다르게 비썩
말라가고 있으니까.

하수구공

나는 내가 무엇도 사랑할 줄 모르는 사람인 줄
알았어요. 사람보다는 동물이나 사물이나
원소 같은 걸 더 좋아했으니까요. 당신은 내게
하수구 뚫는 일이 정말 멋지다고 말해줬어요.
당신은 내 앞에 실재해요. 우리는 대체로
불행하겠지만 어떤 순간들에는 행복할 거예요.

하수구공, 교수의 왼쪽 넷째 손가락에 반지를 끼워준다.

교수

이게 뭔데?

하수구공

반지요.

교수

링거 줄에서 뺐니?

202

하수구공

아니에요. 제가 하수구에서 발견했어요.

¶ 도넛 가게

캐셔

여기 있으면 진상 손님들 많이 보죠?

도넛판매원

네?

　　(사이)

　　네.

캐셔

나도 그중 하나인가요?

도넛판매원

네?

　　(사이)

　　아니요.

캐셔

고마운 말이군요.

¶ 병실

교수, 반지를 바라본다.

교수
흰머리쇠기러기. 암컷. 5개월. 몰렉 연구소.

하수구공
맞아요! 어떻게 아셨어요. 이거 노르웨이어래요.

교수
내가 나 똑똑하다고 했잖니. 노르웨이에 가고 싶구나.
코끝 찡한 공기를 맡고 싶어.

하수구공
얼른 나아서 우리 함께 노르웨이에 가요.

교수
나는 비행기 공포증이 있거든. 순간이동하지
않는 이상 죽을 때까지 갈 수 없을 거다.

사이.

교수

내 애인이 보고 싶어.

하수구공

미안해요.

교수

그 애는 완전히 떠났니?

하수구공

주무시는 동안 찾아온 사람은 아직 없었어요.

교수

이탈리아에 가고 있겠다. 하늘을 훨훨 날고 있겠어.
그 애는 나와 같이 비행기를 타지 못하는 걸 언제나
아쉬워했거든.

하수구공

내가 그 사람이 된다면 좋겠어요.
단 한 순간만이라도. 그러면 당장이라도 비행기를
취소하고 당신 앞에 오게 하겠어요. 딱 그것만
한 다음에 다시 저로 돌아올게요. 약속해요.

교수

그렇게 말하지 마. 네 마음을 그렇게 다 드러내지 마.
그건 못돼 처먹은 짓이야. 난 죽어가고 있어. 토베 얀손이
외딴 섬에서 한 어린 친구를 사귀었는데 말이야,
그 애가 어느 날 낚시를 하러 갔다가 심하게 다친 새를
한 마리 발견했대. 그러고는 어떻게 했는지 아니?
목을 땄어. 고통에서 해방시켜준 거지. 친절하고
사려 깊은 행동이었어.[16]

¶ 도넛 가게

캐셔

전화 한 통 써도 될까요?

도넛판매원, 전화기를 건넨다.
캐셔, 전화를 건다.

캐셔

안에 누가 있는지 확인을 좀 하려고요.

사이.

캐셔

안 받네요. 아무도 없어요.

도넛판매원

네…

캐셔

저기 노인복지센터 가봤어요?

도넛판매원

배달하러…

캐셔

저 사람들, 지금 이 시간에는 모두 자리를 비워요.
다 같이 봉고차 타고 헬멧 작업장 가거든요. 거기에서
헬멧에 스펀지를 끼워요.

도넛판매원

네…

캐셔

여기 있는 도넛 전부 주세요.

캐셔, 도넛을 품에 안는다.

캐셔

내가 이거 다 샀으니까 부탁 하나 들어줘요.

10분 뒤에 소방서에 전화해요.

도넛판매원

네?

캐셔

지금 하지 말고요.

캐셔, 휘발유를 뿌린다.

2장

¶ 조교수의 집

조교수

어쩐 일이세요? 전화도 없이.

산불감시원

전화기는 꺼뒀다.

조교수

고장 났어요?

산불감시원

아니. 꺼두고 싶은 일이 있었어. 어디 가니?

조교수

공항 가요. 이탈리아. 무슨 일 있어요?

산불감시원

너 혹시 돈 좀 있니?

조교수

돈 필요하세요?

산불감시원

네 엄마에게 안 좋은 일이 좀 있다.

조교수

어디 아픈 거예요?

산불감시원

아니. 알려고 하지 마라.

조교수

뭔지도 모르고 어떻게… 저는 두 분 다 못 믿겠어요.
좀 이상하다고요. 그리고 저 얼른 가야 돼요. 공항까지
택시 타게 생겼다고요.

산불감시원

우린 이상하지 않아. 우린 나름대로 잘 산다. 큰 문제없이.

조교수

저도 그래요.

사이.

조교수

얼만데요.

산불감시원

이천.

조교수

세상에.

산불감시원

네 엄마가 노인복지센터에서 노인을 학대했대.
엄마한텐 아는 척하지 마라. 네 엄마 말로는 반찬만
억지로 먹였다는구나. 골다공증 걸리지 말라고.
그쪽에서 합의금을 요구한 거야. 내지 않으면 네 엄마
감방 가게 생겼다. 그리고 어제부터 네 엄마가
어디 갔는지 모르겠다.

사이.

조교수

돌겠네.

산불감시원, 들어간다.

¶ 흑산도

무민, 텔레비전을 보고 있다. 〈동물의 왕국〉이다.
소리는 들리지 않는다.

연구원
너 엄마 안 보고 싶니?

무민
아저씨, 티비 소리 언제 나와요?

연구원
수리 기사 부르는 걸 또 깜빡했네. 미안하다.

전화벨이 울린다.

연구원
엄마다!

무민, 관심 없어 보인다.

연구원
이야옹.

해설사

뭐야?

연구원

고양이 소리.

해설사

왜 그런 소리를 내?

연구원

그냥. 반가워서.

해설사

나 서울이야.

연구원

내가 정말 싫었구나. 거기까지 간 거 보면.

해설사

너 싫은 건 싫은 건데, 엄마 닮은 사람이 서울에서
발견됐대. 노인복지센터에서. 그 노인네
자기가 어디에서 왔는지 아무 말도 안 하더래.

연구원

그래? 확인해봤어?

해설사

아니. 지금 가고 있어. 거의 다 왔어.

연구원

고단하겠네.

해설사

그건 그렇고. 왜 연구소 전화를 안 받아?

연구원

걔네가 나 해고했잖아.

해설사

그건 네 사정이고. 네가 전화를 안 받으니까
연구소 사람들이 나를 엄청 성가시게 하잖아.

연구원

왜.

해설사

너 연구소 나오면서 뭐 훔쳤어?

연구원

홧김에.

해설사

멍청한 새끼. 너 때문에 연구소 난리 났대.
가락지 다 돌려놓으래.

연구원

택배로 부칠게. 얼굴 보기 싫으니까.

해설사

정신 차리고 살아라. 마음 착하게 먹고.

연구원

돌아올 거야?

해설사

그리고 그 몰렉? 그 사람한테 연구소로 연락이 왔대.

연구원

오 씨발.

해설사

오 씨발.

연구원

뭐?

해설사

복지센터가

사이.

해설사

불타고 있어.

연구원

뭐?

모든 게 멈춘 듯, 정적.

무민이 보고 있던 텔레비전에서 갑자기 목소리가 들려온다.

이완호

(목소리)

이봐, 무민.

무민, 고개를 돌린다.

무민

뭐라고요?

이완호

(목소리)

무민.

무민

이완호 아저씨?

이완호

안녕.

무민, 팔짝팔짝 뛴다.

무민

듣고 싶었어요!

이완호

아저씨랑 같이 뭐 제일 하고 싶니?

무민

아저씨랑 티비 보고 싶어요. 그런데 아저씨는
티비 속에 있네요. 아저씨, 정말 거기에 있어요?

이완호

그럼. 아저씨는 어디든 갈 수 있단다.
저 멀리 아프리카의 초원도, 북극의 빙하도,
라틴아메리카의 열대우림도 말이야.

무민

비행기 타고 갔어요?

이완호

아니. 아주 깊고 좁은 곳을 통해서 간단다.
헬멧을 쓰고 말이야.

3장

물이 목까지 차오른다.

역할의 경계가 사라진다.

새가 된 해설사 모, 하수구공, 무민.

거의 새가 된 교수.

새가 되기 시작하는 산불감시원, 캐셔, 철새연구원.

조교수 역할의 배우를 제외한 모든 배우가 하수구를 헤맨다.

가까이 다가온 새 소리.

4장

¶ 병실

캐셔, 온몸에 붕대를 감고 누워 있다.
교수, 맞은편에 누워 있다.

조교수
죽으려고 한 거예요, 엄마?

캐셔
설마.

하수구공
그런데 왜 불을 지르고 혼자 갇혀 있었어요?

캐셔
불만 지르고 나오려고 했어. 난 그냥 못 빠져나온 거다.

산불감시원
인명 피해는 없대.

캐셔

다행이다.

조교수

(캐셔를 가리키며)

있을 뻔한 거죠. 도넛 가게에 가서 신고하라는 말은
왜 한 거예요?

캐셔

불이 크게 번져서 사람이 죽을까 봐.

하수구공

아빠가 제일 먼저 신고했대요.

캐셔

당신, 잘했네. 소원을 이뤘네.

산불감시원

산불은 아니었지만.

하수구공

내일 뉴스에 나올 거래요. 큰 불로 번질 수 있었는데
최초로 신고해서 많은 사람들의 목숨을 구했다고.

221

캐셔

잘됐다, 여보. 축하해.

산불감시원

애는 원래 지금 이탈리아에 가고 있어야 했어.

캐셔

미안하게 됐다. 그래도 엄마를 위해 시간을 좀
내줄 수는 있는 거잖니.

하수구공

비행기표 아까워서 어떡해.

조교수

학교 돈인데요, 뭐.

캐셔

모르는 학생 한 명 등록금을 공중에 날려 보냈구나.
우리가 네 등록금 댈 때 얼마나 힘들었는지 얘기 했나.
아무튼 네 옆자리 탄 사람은 아주 널찍하고 좋았겠다.

산불감시원

모르는 사람 한 명 호강시켜준 거지.

캐셔

잘했구나, 잘했어.

교수, 일어난다. 조교수를 본다.

교수

오. 이게 뭐야. 주여, 내가 죽어 누워 있나요. 여기는
서양 교회의 장례식인가요. 천국도 서양 것인가 봐요.
공부하는 사람들은 데카르트의 후손이죠. 하긴.

조교수, 교수의 가슴에 손을 가져다 댄다.

조교수

심장 잘 뛰고 있어요.

교수

너구나.

조교수

응.

교수

이탈리아를 벌써 다녀왔니?

223

조교수

이탈리아 안 갔어.

교수

어머. 왜?

조교수

엄마가 입원했어.

교수

행운을 빈다.

조교수

이제 웃어주지도 않네.

교수

웃고 있어. 속으로. 소리 내어 웃으면 가슴이 아프거든.

조교수

비웃는 거야?

교수

그게 중요하니?

조교수

좀 어때?

교수

어떤 순간에 아주 나빠져. 그때 빼고는 별로 안 아파.
약을 바꿨거든. 자느라 아플 새가 없다. 종강했나?

조교수

채점하느라 정신없어.

교수

조교 시켜.

조교수

난 선생님이 아니라서.

교수

그래 맞아. 넌 내가 아니지.

조교수

보고 싶었어.

교수

나도야.

산불감시원

사람이 롱패딩을 볼 수 있다고 생각해?

캐셔

사람이 롱패딩을 보지, 그럼 롱패딩이 사람을 봐?

산불감시원

롱패딩도 나를 봤어. 집에서 롱패딩을 봤다.

캐셔

커다란 롱패딩을 입은 키가 작은 사람이었겠지.
당신이 바람피우는 여자 아니야?

사이.

산불감시원

그냥 롱패딩이었어. 머리도 다리도 없었어.
가만히 나를 보고 있었어.

캐셔

롱패딩엔 눈이 없어.

산불감시원

하지만 나를 보고 있었다니까. 나는 느낄 수 있었어.

눈이 없어도 무언가를 볼 수는 있어. 내가 움직이니까
나를 따라왔어. 난 처음에 누가 목을 맨 줄 알았어.
그런데 정말 롱패딩이었어. 깃털로 가득 찬, 하얀 롱패딩.
왜 나한테 롱패딩이 나타났을까.

하수구공

사람이 너무 외로우면 커다란 새를 보기도 한대요.

캐셔

글쎄. 당신이 너무 춥게 입고 다녀서 아닐까.

사이.

조교수

매일 올게.

산불감시원

매일 올게.

교수

그러지 않아도 돼.

캐셔

그러지 않아도 돼.

조교수

아니야. 정말 매일 올게.

산불감시원

아니야. 정말 매일 올게.

교수

이제는 안 돼.

227

캐셔

이제는 안 돼.

조교수

무슨 말이야?

산불감시원

무슨 말이야?
안 좋은 상황이야?

교수

아니. 난 아주 괜찮아.

캐셔

난 아주 괜찮아.

조교수

뭐야.

산불감시원

뭐야.

캐셔

난 그냥 좀
쉬고 싶을 뿐이야.

사이.

캐셔

여기 이렇게 묶여 있으니 편하다. 아무것도
안 해도 되잖아. 난 좀 이렇게 쉬어야 했던 것 같아.

교수

네가 나에게 돌아오지 않았으면 한다는 거야.

228

조교수

왜?

교수

넌 그럴 수 없으니까.

조교수

오. 제발. 진심으로 하는 말이야?

교수

응. 그래도 네 얼굴 보니 좋다.

조교수

제발 매일 와도 된다고 말해줘.

교수

그럴 수 없어.

조교수

나를 용서해줘.

교수

나는 너를 용서하는 사람이 아니야. 혹시 오해할까 봐 하는 말인데, 널 원망하는 마음은 하나도 없단다, 애야.

조교수

어쩌면 이 모든 일들이 당신에게 다시 돌아오기 위한 과정이었을지 모른다고 생각했어.

교수

내 탓은 말아줘.

조교수

선생님. 제발. 한 번만 날 안아줘.

교수

넌 그럴 수 없어.

교수, 기침을 시작한다.

교수

의사가 최대한 말하지 말라고 했어.

무민, 교수의 앞에 나타난다.
교수, 소리 내어 말하지 않는다.

무민

할머니.

교수

(폐암의 천사구나. 보고 싶었다.)

무민

천사들은 날아서 지옥까지 내려갈 수 있나요?

교수

(물론이지. 어쩌면 친구들이나 알고 지내던
많은 이들이 거기 있을 테니까.)

무민

할머니, 딱 걸렸어요! 저번엔 지옥 같은 건
없다고 하셨잖아요.

교수

(내가 그랬니?)

무민

할머니는 언제 죽을 거예요?

교수

(곧. 하지만 네가 전혀 신경 쓸 일이 아니란다.)

무민

약은 먹었어요?

교수

(약은 여기 길고 동그란 관을 통해 끊임없이
들어오고 있단다.)

무민

잘했네요. 할머니, 할머니가 무슨 짓을 했는지
생각하지 말고 나랑 같이 가요. 아무한테도 말 안 할게요.
저는 이제 어디든지 갈 수 있게 됐어요.[17]

하수구공, 교수와 무민에게 헬멧을 건넨다.
문을 열어준다.
교수, 헬멧을 쓰고는 무민의 손을 잡는다.
사라진다.
조교수, 주변을 둘러본다. 아무것도 없다.

긴 사이.

조교수

어쩌면 아주 어렸을 때 휴게소에 차가 멈췄을 때
말이에요, 뜨거운 차 안에서 졸고 있던 건 엄마와
동생이었고 도넛을 사러 나간 게 나였던지도 몰라요.

나는 그날 이후로 영원히 돌아오지 못했던 거야.

하수구공, 산불감시원, 캐셔, 조교수, 병실에 멍하니 앉아 있다.

5장

한나 몰렉과 연구원이 통화하는 동안 무대 위는 하수구가 된다.

조교수, 새가 되기 시작한다.

교수, 무대 위를 천천히 지나가며 완전히 새가 된다.

¶ 노르웨이 그리고 흑산도

한나 몰렉

안녕하세요.

연구원

안녕하세요. 일찍 연락 주셔서 감사하네요.

한나 몰렉

가락지 GPS가 다른 곳에서 잡혔어요.

연구원

어디에 있습니까?

한나 몰렉

태평양 한가운데요.

연구원

여기는 섬입니다. 제가 잃어버린 가락지가
어디 쓸려 갔나 보군요.

한나 몰렉

그렇다기엔 너무 빠른 속도예요. 이쪽으로
뭔가가 오고 있어요.

연구원

기러기가 아니라 박쥐였나 보군요. 베트맨.

한나 몰렉

당신 조류학자죠?

연구원

예.

한나 몰렉

분명 가락지를 잃어버렸다고 하셨죠.

연구원

예.

한나 몰렉

제 생각엔 가락지가 섞인 것 같아요.

연구원

섞였다고요?

한나 몰렉

예. 그 가락지가 다른 새에 부착된 것 같다고요.
아주 적은 확률로, 그러니까 당신 있는 연구소에서
가장 부주의한 누군가에 의해 말이죠.

연구원

너무 적은 확률 아닙니까? 그 가락지가 물에
쓸려 갔거나, 어쩌다 배의 화물칸에 들어갔거나,
이럴 확률이 더 높지 않겠습니까?

한나 몰렉

그럴 확률이 훨씬 높죠.

연구원

그런데 뭐요.

한나 몰렉

나는 내 직관을 믿습니다.

연구원

연구원 하기에 곤란한 조건을 가지셨네요.

저도 그러다 잘렸거든요. 실직 상태입니다.

아내는 저를 떠났고요.

한나 몰렉

오. 유감입니다.

연구원

덕분에요.

연구원, 전화를 끊는다.

좁은 곳에 갇힌 새들의 힘찬 날갯짓 소리.

새의 울음소리 점점 커진다.

모든 배우가 완전히 새가 된다.

하수구공, 무민, 반대편에서 서로를 향해 다가간다.

물이 점점 높이 차오른다.

한나 몰렉, 다시 전화를 건다.

연구원, 휴대 전화를 바라보다가

신호음이 거의 끊길 때쯤 받는다.

한나 몰렉

이봐요, 끊지 말고 들어요. 오토가 죽고 나서 나는
슬프다기보다는 황당했습니다. 그가 죽은 이유를
모르겠더군요. 나는 그 개체의 GPS 정보를 지우라는
말이 그가 내게 마지막으로 남긴 말인 줄 알았습니다.
사랑하는 사람이 이해할 수 없이 죽으면 그가
마지막으로 남긴 말이 내 평생의 메시지가 되죠. 나는
오토의 말대로 그 개체의 GPS를 지우면 온 세계가
통째로 거짓말처럼 느껴지는 이 황당함으로부터
슬픔으로 건너갈 수 있으리라 생각했습니다. 그래서
오토가 죽은 바로 그곳 캠프에 다시 갔습니다. 내가
그곳에서 무엇을 발견했는지 아십니까? 녹음기입니다.

사이.

연구원

항공기 엔진 소리가 녹음된.

한나 몰렉

그렇죠.

사이.

한나 몰렉

그가 죽었던 순간을 돌이켜봤습니다. 나는 새의
부화에 정신이 팔려 있었죠. 연구실에 엔진 소리가
가득 찼습니다. 나는 오토가 엔진 소리를 틀고
내 뒤에 서 있다고 생각했습니다.

 (사이)
 그는 녹음기 위로 쓰러지면서 녹음기를
 재생했던 겁니다. 나는 줄곧 그의 시신에 왜
 아물지 않은, 둔탁한 무언가에 찍힌 상처가
 나 있는지 의아했거든요.

사이.

연구원

그러니까… 그가 당신에게 마지막으로 남긴 말은
말이 아니었던 거군요.

항공기 엔진 소리, 커진다.

한나 몰렉

항공기 엔진 소리가 그것이었죠.

연구원

지금 제가 당신을 도울 수 있는 방법은?

한나 몰렉

흰머리쇠기러기를 발견한 날부터 당신 연구소에서
가락지를 부착한 종의 목록을 보내달라는 것입니다.
그 새가 돌아온다면 내가 알아볼 수 있도록.

연구원

한번 해보죠. 하지만 너무 큰 기대는 마십시오.
당신도 나처럼 직장에서 잘리게 될지도 모르니까.

교수, 하수구를 통해 노르웨이로 가고 있다.
연구원, 전화를 끊는다.
항공기 엔진 소리 위로 물이 출렁이는 소리,
새가 우는 소리 점점 크게 겹친다.
해설사 모, 나온다.
하수구가 범람한다.
항공기 엔진 소리, 거센 물소리,
이천 이백 마리의 새들이 한번에 날아오르는 소리가 길게 지난다.
사람들, 온몸으로 물을 맞는다.

교수, 한나 몰렉 앞에 나타난다. 소리 내어 말하지 않는다.

교수

(배관을 잘못 건드렸나 봐요.)

긴 사이.

한나 몰렉
당신을 기다렸어요.

암전.

6장

¶ 하수구

좁고 축축하고 캄캄한 곳.

누
거기 누가 있나요.

하수구공
누가 있냐고요?

누
세상에. 누가 있네요! 나는 누구죠?

하수구공
당신은 누예요.

누
네?

하수구공, 가까이 다가가 누를 살핀다.

하수구공

드디어 만났군요. 당신은 누예요. 흰꼬리누.

누

그 누요?

하수구공

맞아요.

누

여기는 아프리카인가요?

하수구공

아니요. 여기는 하수구예요.

누

당신은 누구죠?

하수구공

나는 하수구공이에요.

누

내가 왜 여기에 있죠?

하수구공

당신은 원래 여기에 있었어요.

누

내가요?

하수구공

네. 그러니까 우린 지금 만난 거예요. 예전에
만난 적이 있긴 하지만.

누

우리가 만난 적이 있나요?

하수구공

제가 초등학생 때요.

누

그랬나요?

하수구공

영재원에 다닐 때 선생님이 과학 친구를 만들어
오라고 했어요. 다른 애들은 아인슈타인, 에디슨, 뉴턴,
보어, 칼 세이건을 과학 친구로 만들어서 엄마가
그려준 그림을 가져왔죠. 나는 누의 그림을 가져갔어요.

선생님은 동물은 과학 친구가 될 수 없다고 했어요.

누

결국 당신의 과학 친구는 누가 됐어요?

하수구공

이완호요.

누

이완호? 그게 누구예요.

하수구공

〈동물의 왕국〉 성우예요.

누

그 목소리 기억나요.

하수구공

잘됐네요.

누

많은 동물들 중에 왜 누였죠?

하수구공

누는 낮에는 잠을 자고, 밤에는 사자를 피해
풀을 찾아다니죠. 수만 마리가 무리를 이뤄 새로운
풀을 찾아 1600km가 넘는 거리를 이동해요.
그리고 그중 이망증에 걸려서 제때 이동하지 못하고
무리에서 이탈한 채 자신이 처음 태어난 곳으로
돌아가려는 개체가 있어요. 돌아가는 길은 무조건
실패래요. 사자에게 잡아먹히거나 굶어 죽어서.[18]

누

나는 지금 이동 중인가요?

하수구공

아직이요. 누는 습기 있는 초원에 살지만 이동은
건기에 이루어지죠.

누

지금은 건기인가요, 우기인가요?

하수구공

하수구는 주로 우기예요. 이곳의 벽에는 이끼가
돋아 있죠. 밤이면 상냥하게 우리를 감싸요.

누

건기가 오기까지 기다려야 하나요.

하수구공

나와 같이 더 내려가요. 당신이 나를 불렀던
곳으로. 좁은 계단을 통해 물기 없는 곳으로,
하수구보다도 더 밑으로. 지하의 지하로 들어가면
그곳에 건기가 있어요. 멀리서 건조하고 뜨거운
바람이 불어와요. 어디에서 어디로 부는 바람인지
나는 몰라요. 하지만 바람이 분다는 것은, 이곳
말고 다른 곳이 있다는 증거죠. 당신이 이곳에서
저곳으로 갈 수 있다는 증거예요.

누, 해설사 모의 손가방을 본다.

누

장모님!

막.

주

1   번역은 케티 콘보이, 나디아 메디나, 사라 스탠베리,
     『여성의 몸, 어떻게 읽을 것인가?: 성의 상품화 그리고
     저항의 가능성』, 고정하 편역, 한울, 2001 판본을 따랐다.
2   파스칼 키냐르, 『섹스와 공포』, 송의경 옮김,
     문학과 지성사, 2017, 16쪽.

〈1막〉

3   노아 스트리커, 『새』, 박미경 옮김, 윤무부 감수,
     니케북스 2017, 36쪽 참조.
4   이시구로 마사카즈의 단편 만화 「차이」의 한 설정을 차용.
5   박시룡, 「'아름다운 비행'」, 조선일보, 2007.02.05. 참조.
6   김정수, 「"가락지 달아준 새, 외국서 발견 연락오면
     로또 당첨 기분"」, 한겨레, 2014.04.29. 참조.
7   이 희곡에서 교수와 조교수 관계의 일부는 토니 쿠쉬너,
     「미국의 천사들:제1부」, 김윤철 번역 및 분석,
     『동시대 미국 대표 회곡선집2』, 연극과인간, 2014에서
     영향을 받았음을 밝힌다.
8   김현식, 〈내사랑 내곁에〉, 작사·작곡 오태호.
9   팀 버케드, 『새의 감각』, 노승영 옮김,
     에이도스, 2015, 211~214쪽 참조.

〈2막〉

10   노아 스트리커, 『새』, 박미경 옮김, 윤무부 감수,
     니케북스 2017, 66쪽.
11   Gael Fashingbauer Cooper, 「No dice: Truck spills
     more than 200,000 gaming dice onto highway」,
     2019.09.18., cnet news 참조.
12   한나 몰렉의 강의 내용은 노아 스트리커, 『새』, 박미경 옮김,
     니케북스, 2017, 47-50쪽 참조 및 인용.

13   앞의 책, 64-65쪽 참조.

14   고동률 글, 박보하 사진, 『홍도와 흑산도』,
        대원사, 1998, 17~32쪽 참조.

〈3막〉

15   토베 얀손, 『두 손 가벼운 여행』, 안미란 옮김,
        민음사, 2019, 7~13쪽,
        툴라 카르얄라이넨, 『토베 얀손, 일과 사랑』, 허형은 옮김,
        문학동네, 2017, 298쪽 참조.

16   툴라 카르얄라이넨, 앞의 책, 294쪽 참조.

17   교수와 무민의 대화는 토베 얀손, 『여름의 책』, 안미란 옮김,
        민음사, 2019. 참조.
        툴라 카르얄라이넨, 앞의 책, 258쪽 부분 인용.

18   이강봉, 「달빛이 동물을 움직이고 있다」,
        『The SCIENCE TIMES』, 2019.07.09. 참조.

『상형문자무늬 모자를 쓴 머리들』은 '인류세 3부작'의 첫 번째 작품으로 공연되었다. 인류세 3부작은 인간 종(種)이 수동적 객체로 격하시킨 비인간 존재들의 움직임, 생명력, 소통 언어, 외부세계와 접하는 감각을 상상하고자 김연재와 극단 동이 시작한 프로젝트다.

이음 희곡선

001 모든 군인은 불쌍하다 | 박근형
002 햇빛샤워 | 장우재
003 처의 감각 | 고연옥
004 썬샤인의 전사들 | 김은성
005 파란 나라 | 김수정
006 에어콘 없는 방 | 고영범
007 옥상 밭 고추는 왜 | 장우재
008 어쩌나, 어쩌다, 어쩌나 | 최치언
009 두 번째 시간 | 이보람
010 외로운 사람, 힘든 사람, 슬픈 사람 | 윤성호
011 7번국도 | 배해률
012 명왕성에서 | 박상현
013 묵적지수 | 서민준
014 왕서개 이야기 | 김도영
015 액트리스원 / 액트리스투 | 정진새

이음희곡선

상형문자무늬 모자를 쓴 머리들

ⓒ김연재 2021

처음 펴낸날 2021년 8월 3일

지은이 김연재

펴낸이 주일우
펴낸곳 이음
출판등록 제2005-000137호 (2005년 6월 27일)
주소 서울시 마포구 월드컵북로 1길 52 운복빌딩 3층
전화 02-3141-6126 팩스 02-6455-4207
전자우편 editor@eumbooks.com
홈페이지 www.eumbooks.com
페이스북 @eum.publisher 인스타그램 @eumbooks

편집 김소원
아트디렉션 박연주 디자인 권소연
홍보 김예지 지원 추성욱

ISBN 979-11-90944-30-4 04810
ISBN 978-89-93166-69-9 (세트)

값 12,000원